Die Schafgääääng

Ab durch die Wüste

Christine und Christopher Russel haben schon immer eng zusammengearbeitet, er als Drehbuch- und Kinderbuchautor, sie als Storylinerin und Scriptbearbeiterin. Die wilden Abenteuer der Schafgääång sind ihr erstes gemeinsames Projekt. »Ab durch die Wüste« ist der zweite Band der Reihe.

Christine & Christopher Russell

Die Schaf Gäääng

Ab durch die Wüste

Aus dem Englischen
von Eva Plorin

CARLSEN

Dieses Buch ist Kozue san,
einem kleinen Krieger aus dem Osten, gewidmet.

Veröffentlicht im Carlsen Verlag
März 2015
Mit freundlicher Genehmigung des Thienemann Verlages

Originalverlag: Egmont UK Limited
Originaltitel: The Warrior Sheep Go West

Umschlaggestaltung: formlabor
Corporate Design Taschenbuch: bell étage
Druck und Bindung: GGP Media GmbH, Pößneck
ISBN 978-3-551-31357-7
Printed in Germany

Inhalt

Die Teufelszunge

Eigentlich waren sie nur in die Scheune gegangen, um sich vor dem Regen zu schützen. Aber das beweist lediglich, dass große Abenteuer ihren Anfang nehmen können, wenn du es am wenigsten erwartest.

Schafe, selbst seltene Rasseschafe, stört es für gewöhnlich nicht weiter, nass zu werden, doch seit Tagen hatte es in Strömen geregnet und auf der Weide versank man huftief im Morast. Jasmine, das hübsche kleine Jacobschaf, hatte die Schnauze voll.

»AchduliebesGras …«, jammerte sie und trottete in den kuscheligen Stall. »So viel Regen. Mein Haar sitzt heute überhaupt nicht.«

»Sei nicht albern, Liebes«, widersprach Sally, das beleibte, mütterliche Southdown-Schaf, während sie ihr folgte. »Nur Menschen haben Haare. Und ein Schafspelz kann gar nicht schlecht sitzen.«

»Korrekt, Mann«, stimmte Linx, der große Lincoln-Langwoll-Schafbock, zu, obwohl seine eigenen wolligen Locken ihm feucht in die Augen hingen und er kaum sehen konnte, wohin er gerade lief. »Jep, Vlies ist cool.«

Und dann rumpelte er auf dem Weg nach drinnen gegen den Torpfosten.

Hinter Linx schlüpfte Will, das magere walisische Balwen-Lamm, ins Trockene. Will mochte den Stall. Normalerweise stand dort immer ein Laptop.

Nur Oxo, dem mächtigen Oxford-Schafbock, widerstrebte es, die Wiese zu verlassen. Der Regen ließ das Gras höher wachsen und verlieh ihm eine besondere Süße. Was bitte schön gab es daran auszusetzen? Aber er war ein Schaf und Schafe blieben zusammen, also rupfte er ein letztes Maulvoll saftiges Gras und quetschte sich hinter den anderen in den Stall.

Die Hennen, die darin wohnten, protestierten ein paar Minuten gackernd und flatternd, dann beruhigten sie sich wieder und die Schafe machten es sich auf dem strohbedeckten Boden bequem. Sie setzten sich vor den Laptop, der auf einem Heuballen in der Mitte des Raums stand. Die Kleinsten, Jasmine und Will, saßen vorn, dahinter Sally, Oxo und Linx.

Der Laptop gehörte Ida White, der Besitzerin der Eppingham-Farm, auf der die seltenen Rasseschafe zu Hause waren. Ida stellte ihn oft in den Stall, um die Hühner mit Musik zu unterhalten. An jenem regnerischen Frühlingstag lud sie gerade einige neue Lieder für die Hennen herunter – zur Abwechslung einmal etwas ruhigere Musik statt der üblichen Pop- und Rocksongs.

Das zweite Stück fing eben an, als die Schafe sich niederließen.

Will, dessen Mutter gestorben war, als er noch ganz klein war, hatte seine frühe Lammheit bei Ida und ihrem Enkel Todd in der Küche des Farmhauses verlebt. Er hatte in dieser Zeit sehr viel über menschliche Gewohnheiten gelernt und konnte sogar ein bisschen lesen. Langsam las er die Worte auf dem Bildschirm vor.

»Schafe können sicher weiden … J. S. Bach.«

»Was ist J. S. Bach?«, wollte Oxo wissen. »Etwas, worauf man grasen kann?«

Will schüttelte den Kopf. »Nein, ich denke, das ist der Name des Komponisten. Der Mann, der die Musik geschrieben hat.«

»Pst«, unterbrach Sally. Sie betrachtete entzückt den Bildschirm, auf dem zur Musik Schafe gezeigt wurden, die in einem schönen, sonnendurchfluteten Tal weideten.

»Was für ein Glück wir haben, Schafe zu sein«, murmelte sie.

»Jep«, stimmte Linx zu. »Aber das ist nicht gerade ein granatenmäßiger Rhythmus, was?« Seine Locken wippten auf und ab, während er nickend versuchte, einen passenden Rap zu dichten. Es war nicht einfach, auf die langsame Musik zu rappen.

»Wir sind Ovis Aries, das ist unser Name auf Latein,
Aber nennt uns einfach Schafe,
So heißen wir allgemein …«

Jasmine beäugte ebenfalls angestrengt den Laptop, allerdings interessierte sie sich weder für die Musik noch für die Landschaftsbilder. Sie hatte bemerkt, dass auf dem Bildschirm ihr Spiegelbild zu sehen war, und betrachtete sich prüfend. Schließlich entspannte sie sich. Ihr Fell saß tadellos. Und sie war weitaus hübscher als dieser »sicher weidende« Haufen auf dem Bildschirm.

Oxo bemühte sich ein paar Sekunden lang, der Musik zu lauschen, aber alles, was er hörte, waren seine knurrenden Mägen. Also gab er auf und döste vor sich hin.

Und da geschah es.

Die Schafe verschwanden plötzlich vom Bildschirm und vor einem schwarzen Hintergrund tauchte eine Zunge auf. Die rote, raue Zunge füllte den Bildschirm und weit hinten im Rachen waren die Mandeln erkennbar. Dann erschallte die Stimme: »Hey, ihr Widder, Schafe und Lämmer. Hier kommt eine Nachricht für *euch*. Wir werden euch schlachten. Wir sind auf dem Weg. Die Teufelszunge! Den Namen solltet ihr euch merken!«

Die Schafe rappelten sich auf die Hufe und sahen sich ängstlich um. Oxo marschierte zum Tor und spähte hinaus. Die Weide war leer.

Erneut ertönte die Stimme aus dem Laptop. »Die Teufelszunge! Merkt euch den Namen!« Dann verschwand die Zunge und das sonnenbeschienene Tal tauchte wieder auf.

»AchduliebesGras …« Jasmine drängte sich dicht an Sally. »Was war das?«

»Ich glaube, das war ein Pop-up«, sagte Will.

»Was ist ein Pop-up?«, erkundigte sich Oxo.

»Eine Art Werbung«, erklärte Will, obwohl er nicht genau wusste, was eine Werbung war.

Oxo senkte seinen massigen Schädel und scharrte mit einem Huf auf dem Boden.

»Der soll nur noch mal auftauchen«, schnaubte er. »Das nächste Mal bin ich bereit.«

Sally hob einen Huf, um für Ruhe zu sorgen.

»Teufelszunge …? Teufelszunge …?« Ihre Stimme hatte diesen merkwürdigen Klang, wie immer, wenn Sally versuchte, sich an etwas Bedeutsames zu erinnern. »Ja …«, sagte sie schließlich. »Davon ist die Rede in der *Ballade vom Vlies*!«

»Oh-oh«, murmelte Linx ahnungsvoll.

Die *Ballade vom Vlies* war eine uralte Dichtung. Sie war Jahrhunderte hindurch von Schaf zu Lamm überliefert worden. Nicht viele Schafe kannten alle 365 Strophen so wie Sally, aber die meisten kannten zumindest einige Verse. Sally blickte die übrigen seltenen Rasseschafe ernst an.

»Vers 204«, verkündete sie. »Eine der prophetischen Strophen der Ballade.« Dann fügte sie, an Will gewandt, hinzu:

»Weißt du, Liebes, die meisten Verse der Ballade erzählen von unserer ruhmreichen Geschichte. Die prophetischen Strophen aber sagen uns die Zukunft voraus.«

Will nickte höflich. Er hatte zwar keine Mutter gehabt, die ihm schafige Dinge hätte beibringen können, aber so viel wusste auch er.

Abermals warf er einen Blick auf den Laptop. Will war sich sicher, dass Ida gesagt hatte, Pop-up-Werbungen seien eine Plage: Sie tauchten aus dem Nichts auf und verschwanden wieder. Genau wie die Teufelszunge.

Aber Sally räusperte sich jetzt und so richtete Will seine Aufmerksamkeit wieder auf sie, um zuzuhören.

»Ein furchtbares Ungeheuer wird sich drohend
im Westen erheben«, rief sie dramatisch aus.
»Und eine Schar kühner Krieger muss eine
harte Prüfung durchleben.
Denn das Monster erwacht
nach jahrhundertelangem Schlaf
und sucht seinen Hunger zu stillen mit Widder und Schaf.
Hunderttausende Schafe verschlingt es Stund' um Stund',
alle Schafe der Welt sollen sterben in seinem Schlund.«

Sally hielt inne, um Luft zu holen, aber bevor sie weitersprechen konnte, hatte Jasmine schon mit zitternder Stimme die Strophe fortgeführt:

»Wie ein riesiger Hund setzt es im Westen
an zum Sprunge …
Und der Name des Ungeheuers – seid gewarnt –
ist Teufelszunge.«

Jasmine blickte mit furchtsamen Augen in die Runde. »Meine Mutter hat mir das beigebracht.«

Sie schwankte auf ihren grazilen Beinchen und fiel in Ohnmacht.

Einige Augenblicke lang herrschte Stille.

Dann ergriff Linx das Wort: »Also, das heißt, wir sind erledigt, was? Wir werden alle von einem Monsterhund aufgefressen.«

»Die *Ballade vom Vlies* irrt nie«, erklärte Sally.

Oxo runzelte die Stirn. »Na gut, aber wie war das gleich mit der Kriegerschar?«

Jasmine öffnete ein Auge. »Sie muss eine harte Prüfung durchleben«, jammerte sie. »Ich will keine Prüfung durchleben.«

Erneut breitete sich Stille aus, während alle grübelten.

»Damit sind wieder wir gemeint, oder, Sally?«, fragte Will.

Schon einmal war die kleine Schar seltener Rasseschafe der Eppingham-Farm dem Ruf der *Ballade vom Vlies* gefolgt, um die Schafheit zu retten. Sie hatten Lambad, den Bösen, vernichtet und Lord Aries, den mächtigen Großen Widder, der über den Wolken lebt, gerettet.

Sally beantwortete Wills Frage, indem sie die nächsten zwei Zeilen der Ballade vortrug:

»Wenn in der Stunde der Not
Angst und Furcht die Schafheit erfassen,
ruht alle Hoffnung auf den
Kriegerschafen der edlen Rassen.«

Oxo wandte sich zum Stalltor. »Das war klar und deutlich. Worauf warten wir noch? Auf geht's!« Er stürmte nach draußen.

»Yeah, Mann!«, stimmte Linx zu. »Die seltenen Rasseschafe von Eppingham sind die edelsten der Edlen, eh klar.«

»Wir haben es einmal geschafft, es kann uns auch ein zweites Mal gelingen«, sagte Will tapfer.

Aber da tauchte Oxo wieder im Tor auf. »Also, ähm, und wo genau treibt sich jetzt diese Teufelszunge rum?«, erkundigte er sich.

Sally dachte angestrengt nach und räusperte sich abermals.

»An den Ort, wo das Ungeheuer erwacht,
müsst ihr gehen,
wo die Sonne den Pelz versengt
und die heißesten Winde wehen.
Doch die Prüfung bestehen
nur die Kühnsten und Besten.

Vergesst nicht, die Teufelszunge …
erwacht im *Westen*!«

Sally ließ den Kopf hängen. Einen Augenblick lang überwältigte sie die Mission, die vor ihnen lag. Die Beschwerlichkeiten und Gefahren der ersten Expedition kamen ihr wieder in den Sinn. Den übrigen Schafen erging es nicht anders. War es tatsächlich möglich, ein so gefährliches Abenteuer ein zweites Mal zu überleben und siegreich daraus hervorzugehen? Und wo lag überhaupt *der Westen*?

Will ging die Strophe in Gedanken noch einmal durch. Sie mussten in Richtung Westen, zu einem Ort, an dem die heißesten Winde wehen. Also scheidet Wales schon einmal aus, dachte er. Er war im Westen von Wales geboren und er konnte sich an keinerlei heiße Winde erinnern. Nein, der Ort musste irgendwo sehr viel weiter entfernt als Wales liegen. Will versuchte sich an die Landkarten in Todds Atlas zu erinnern. Westen … sehr heiß … Er wurde sich bewusst, dass die anderen ihn erwartungsvoll anblickten, und gab sich Mühe, seine Stimme zuversichtlicher klingen zu lassen, als er sich fühlte. »Am ehesten ist damit wohl Amerika gemeint«, verkündete er.

»Alles klar«, erwiderte Oxo und wandte sich erneut zum Stalltor.

»Ähm, na ja, ein kleines Problem gibt es schon«, sagte Will. »Zwischen hier und Amerika liegt ein Meer. Wie kommen wir hin?«

»Wir sind Schafe!«, mahnte Sally. »Man rühmt uns als große Denker. Also denken wir jetzt alle nach. Denkt nach!«

Die Schafe dachten so angestrengt nach, dass sie nicht hörten, wie draußen langsam ein Auto den Weg entlanggefahren kam und vor dem Farmhaus anhielt.

Der tadellos gekleidete Fahrer lehnte sich aus dem Wagenfenster und rümpfte die Nase.

»Pfui Teufel!«, entfuhr es ihm. »Die Pampa!«

Er rückte seine Krawatte zurecht, griff nach seiner Aktentasche und landete beim Aussteigen mit seinen glänzenden Schuhen im Matsch. Er hatte eine wichtige Nachricht für Mrs Ida White.

Chilisuppe

Ida White und ihr Enkel Todd waren in der Küche und kochten Suppe. Genau genommen war Ida Todds Urgroßmutter und außerdem sein Vormund, weil er keine Eltern mehr hatte. Todd fand es herrlich, bei seiner Oma zu leben. Sie war uralt, älter als jeder andere im Dorf Eppingham, aber das Leben mit ihr wurde niemals langweilig. Ida hatte ihm beigebracht zu lesen, zu reiten, Fahrräder zu reparieren, ein mutterloses Lamm zu füttern, zu nähen und zu kochen. Todd hielt sich selbst nicht für außergewöhnlich schlau, doch für einen Zwölfjährigen wusste er schon eine ganze Menge.

Kochen nach Ida Whites Manier war etwas Einmaliges. Den Blick in ein Kochbuch konnte man sich dabei sparen, denn, wie Oma so schön sagte: »Wo bleibt der Spaß, wenn man das Ergebnis bereits im Voraus kennt?«

So stand Todd jetzt mit einem Bund Karotten in der einen und einer Banane in der anderen Hand vor dem Herd.

»Was meinst du, Oma?«, fragte er.

Ida, die in einem großen Suppentopf herumrührte, blickte auf. »Wir haben schon genug Karotten. Die Banane ist allerdings nicht schlecht. Banane haben wir noch nicht ausprobiert, oder?«

»Ich glaube nicht«, antwortete Todd. »Und sie passt vom Geschmack her bestimmt gut zu dem Apfel und dem Speck.«

Er schnitt die Banane in Scheiben, warf sie in den Topf und öffnete dann den Kühlschrank.

»Was noch?«

Gerade hatte er eine Handvoll Chilischoten entdeckt, als er den Türklopfer hörte.

»Ich gehe schon«, erklärte Todd, während er sich die Hände an seiner Schürze abwischte. »Übertreib es nicht mit dem Chili, Oma.«

Ida nickte und warf zwei Schoten in den Topf. Sie hörte Todd die Haustür öffnen und dann eine Stimme, die sie nicht kannte. Ihre Gedanken waren nicht mehr bei der Suppe. Sie warf zwei weitere Chilischoten hinein. Sie hörte, wie Todd den Fremden hereinbat und die Tür hinter ihm schloss. Sie warf noch zwei hinein.

»Sie müssen Mrs Ida White sein«, ergriff der elegant gekleidete Herr das Wort, als er die Küche betrat. »Es ist mir eine Freude, Sie kennenzulernen.«

Ida ließ auch noch die letzten Chilischoten in den Topf fallen und drehte sich zu dem Besucher um.

»Ich bin John Smith und komme im Auftrag von Rhabarber«, verkündete der Fremde.

»Ach, tatsächlich?«, erwiderte Ida höflich.

»Dem Rettungs- und Hilfskomitee für Außergewöhnlich Bescheidene, Ausgestoßene Rasseschafe von Bildschöner, Edler Rundumerscheinung, kurz RHABARBER.« Er blickte Ida erwartungsvoll an und fügte dann hinzu: »In Amerika ist das eine ganz große Nummer.«

Ida schüttelte den Kopf. »Tut mir leid«, sagte sie. »Ich habe noch nie davon gehört.«

»Ah, aber bei Rhabarber hat man von Ihnen gehört«, verkündete Mr Smith. »Und von Ihren außergewöhnlichen Schafen.«

»Wirklich?« Ida war verblüfft.

John Smith lächelte in sich hinein. Das würde ja ein Kinderspiel werden.

»In der Tat«, erwiderte er. »Und sie würden *liebend* gern Ihre Schafe kennenlernen.«

»Jederzeit«, sagte Ida, »ich bin fast immer zu Hause.«

»Nein, nein, gute Frau. Nicht hier in Eppingham. Bei ihrer Jahresversammlung. In Amerika.«

Ida wusste nichts von irgendeiner Jahresversammlung. Sie setzte sich.

Mr Smith trat näher an sie heran. »Rhabarber will Ihre herrliche Schafherde in seinem Tagungszentrum vorstellen«, erklärte er. »Das ist eine Schau für Talent und Schönheit. Sozusagen eine Art Oscar für Schafe. Ihre Tiere wären die absoluten Stars!«

Die alte Dame schluckte schwer. »Das wäre natürlich wunderbar«, sagte sie, »aber ich denke nicht, dass wir es uns leisten können nach –«

»Nein, aber nein«, lachte Mr Smith. »Sie würden als Gäste von Rhabarber reisen.«

»Sie?«

»Die Schafe. Wir würden sehr gut auf sie aufpassen.«

Ida schüttelte heftig den Kopf. »Ohne uns gehen unsere Schafe nirgendwohin. Nicht wahr, Todd?«

Auch Todd schüttelte den Kopf. »Niemals.«

»Das ist doch *überhaupt* kein Problem«, entgegnete John Smith. »Sie können die Tiere begleiten.«

Er ließ die Schlösser seines Aktenkoffers aufschnappen und holte verschiedene Papiere hervor. »Rhabarber übernimmt sämtliche Auslagen. Es kostet Sie keinen Penny.« Er strahlte Ida an. Ein Klicken war zu hören und er reichte ihr seinen einsatzbereiten silbernen Kugelschreiber. »Sie müssen nur hier unterschreiben.« Er schob ihr die Unterlagen zu.

»Warum?«, fragte Ida argwöhnisch.

John Smith lachte. »Lediglich, um den Empfang zu bestätigen, bevor ich Ihnen Flugtickets erster Klasse für Sie und die Schafe aushändige sowie die Unterlagen für den kostenlosen Flughafentransfer und die kostenlose Unterbringung in einem Luxushotel.«

Mit einer ausladenden Handbewegung zog er ein Bündel Tickets hervor und legte sie vor Ida auf den Tisch.

Todd zupfte sie am Ärmel und flüsterte: »Oma … ich denke, wir sollten das überprüfen. Wo ist dein Laptop? Ich sehe mal nach, was ich zu Rhabarber finde.«

Ida nickte zustimmend. »Gute Idee«, flüsterte sie zurück. »Er steht im Stall.«

John Smith bekam das mit und verkrampfte sich. Vielleicht lief die Sache doch nicht so reibungslos wie angenommen. Aber er lächelte unbeirrt weiter.

»Ich kann mir vorstellen, dass das Ganze ein wenig überraschend kommt«, bemerkte er und stellte sich eilig zwischen Todd und die Hintertür. »Aber die Leute von Rhabarber freuen sich schon so auf Ihre Schafe. Und sämtliche Erlöse aus der Schau gehen selbstverständlich an … äh … an den Fonds für Lämmer in Not.«

Ida blinzelte. Das war schon wieder eine Organisation, von der sie noch nie gehört hatte.

John Smith entspannte sich. Er musste einfach nur an das weiche Herz der alten Dame appellieren – und dafür sorgen, dass der Junge nicht in die Nähe des Laptops gelangte.

»Die Veranstaltung dient also einem guten Zweck, da stimmen Sie mir gewiss zu«, bekräftigte er strahlend. »Das ist Ihre Chance, all den armen verstoßenen Lämmern zu helfen, die alljährlich zu Weihnachten als Haustiere verschenkt und dann ausgesetzt werden.« Er hielt ihr abermals den silbernen

Kugelschreiber hin. Ida zögerte, dann griff sie danach. Todd nahm eines der Tickets.

»Der Flug ist ja heute!«, rief er aus.

»Das ist richtig«, bestätigte Mr Smith. »Schon heute Abend geht es auf die große Reise.«

Ida blickte zu Todd hoch. Der zuckte mit den Schultern. Die Tickets wirkten echt. Er bemerkte das Funkeln in den Augen seiner Großmutter.

»Soll ich?«

Todd grinste. »Tu es, Oma!«

»Großartig«, rief der Herr und schnappte sich das Papier, sobald Ida ihre Unterschrift darauf gesetzt hatte. »Sie werden Ihre Entscheidung sicher nicht bereuen.«

Er hatte keine Ahnung, ob das stimmte. Sein Auftrag lautete lediglich, die alte Dame davon zu überzeugen, das Angebot anzunehmen, und das war ihm gelungen. Er würde sein Honorar erhalten, alles andere kümmerte ihn nicht. Mit einem Klicken ließ er die Verschlüsse des Aktenkoffers zuschnappen.

»Bleiben Sie zum Mittagessen?«, fragte Ida.

John Smith versuchte sich aus der Affäre zu ziehen. Er hatte seinen Auftrag erfüllt und jetzt wollte er so schnell wie möglich diese unselige Angelegenheit – und den Gestank des Landlebens – hinter sich lassen.

»Das ist zu freundlich, aber ich muss wirklich los«, wehrte er ab. Ein Nein akzeptierte Ida allerdings nicht. Todd schnitt einige Scheiben Brot ab, während seine Oma die Suppe auftrug.

Höflich kostete Mr Smith einen Mundvoll Suppe. Seine Augen traten hervor, seine Nase begann zu laufen und Schweiß trat ihm auf die Stirn. Er schluckte und spürte, wie das feurige Gebräu seine Kehle hinunterrann und Winkel in seinem Magen verätzte, von deren Existenz er bislang nicht einmal gewusst hatte. Mr Smiths Lächeln gefror, er lockerte seinen Kragen und nahm einen weiteren Löffel voll Suppe.

Als er nach dem Essen aufbrach, trug er kein Jackett mehr und sein Hemd und die Socken hatte er ebenfalls ausgezogen.

»Was für ein netter Mann«, sagte Ida, während sie die Haustür hinter ihm schloss. »Ihm schien allerdings ein wenig warm zu sein. Findest du, ich habe es mit den Chilischoten übertrieben?«

»Ein bisschen«, antwortete Todd. »Aber die Banane war gut.«

Sie blickten sich einen Augenblick lang an.

»Na, ich fange besser mal an zu packen«, erklärte Ida. »Obwohl Mr Smith gesagt hat, wir benötigen nicht viel, weil wir an einen heißen Ort reisen.«

»Wohin genau fliegen wir eigentlich?«, fragte Todd. Er griff nach einem der Tickets und zuckte mit den Schultern. »Da steht nur ›Amerika‹. Ist das normal?«

Ida zuckte ebenfalls mit den Schultern. »Ich weiß nicht,

mein Junge.« Dann machte sie einen kleinen Luftsprung und boxte in die Luft. »Wen juckt das schon? Amerika! Hurra!«

»Hipp, hipp, hurra!«, schrie Todd. Er öffnete die Hintertür. »Während du packst, kümmere ich mich darum, dass die Schafe reisefertig sind.«

»In Ordnung«, erwiderte Ida. »Und wenn du schon im Stall bist, kannst du gleich auch nach Rhabarber im Internet suchen. Sieh mal nach, wie groß dieses Tagungszentrum ist.«

Volle Ladung

Während Mr Smith in der Küche der Farm lächelte und mit seinem silbernen Kugelschreiber klickte, hatten die Schafe im Stall eine Idee. Nun ja, *eines* von ihnen hatte eine Idee.

Will entsann sich nämlich, dass Ida manchmal den Laptop dazu nutzte, Dinge wie Hühnerfutter oder Zaunpfähle zu besorgen. Und so fragte er sich, ob man mit Hilfe des Computers vielleicht auch Flugtickets nach Amerika bekommen könnte.

Also suchte er einen Stecken und drückte sorgfältig einige Tasten damit: A. M. E. R. I. K. A. – W. E. S. T. E. N. Es ertönte ein Piepton und der Bildschirm flackerte.

»AchduliebesGras ... ist das etwa wieder diese Teufelszunge?«, hauchte Jasmine, während sie sich um den Laptop scharten.

Der Bildschirm wurde für einen Augenblick schwarz, dann schoss ein Flugzeug quer darüber und ein Schriftzug wurde eingeblendet.

»WÜSTEN-AIR – WIR BRINGEN SIE AUF DEM SCHNELLSTEN WEG IN DEN WESTEN. WOLLEN SIE MEHR ERFAHREN?«, las Will vor.

»Was ist Wüsten-Air?«, erkundigte sich Oxo.

»Wüsten sind megaheiße Orte, Alter«, rief Linx aufgeregt.

Oxo blickte ihn zweifelnd an.

»Du kannst mir glauben. Ich kenne mich damit aus«, bekräftigte Linx.

Will hatte ihm einmal von Wüsten erzählt. Und Will wusste darüber Bescheid, weil er sie in Cowboy-Filmen gesehen hatte. Todd und Will liebten Filme, die im Wilden Westen spielten.

»Aber ist es da so warm, dass die Sonne den Pelz versengt und die heißesten Winde wehen?«, wollte Sally wissen.

»Ganz sicher, klar doch!« Linx zitterte vor Aufregung. Die langen Locken wippten auf seiner Stirn auf und ab.

»Und ich vermute, Wüsten-Air ist eine Fluggesellschaft, die Flüge in eine Wüste anbietet«, fügte Will hinzu.

»Schnell, Mann!«, schrie Linx. »Sag Ja! Wir *wollen* mehr erfahren!«

»Ja!«, riefen die anderen. »Sag Ja!«

Will nahm das Stöckchen zwischen die Zähne. Buchstabieren war schon keine einfache Sache und die richtigen Tasten mit einem Stock zu treffen war noch kniffliger. Langsam tippte er erst J und dann A. Nichts passierte. Da fiel ihm wieder ein, was er als Nächstes tun musste. Er packte den Stecken fester mit den Zähnen und drückte beherzt die Enter-Taste. Das Flugzeug auf dem Bildschirm flitzte hin und her und landete dann vor einer glühenden Sonne.

»So weit, so gut …«, sagte Will.

Vor Schreck fuhr er beinahe aus seinem Fell, als plötzlich eine mysteriöse Stimme aus dem Laptop ertönte: »Der Akku ist schwach.«

Will ließ den Stock fallen und wich ängstlich zurück. »Der Akku ist schwach«, sagte die Stimme erneut. »Bitte laden. Bitte laden.«

»Eine Ladung kannst du haben«, knurrte Oxo und senkte den Kopf.

»Bitte laden. Bitte laden«, befahl die Stimme.

Und bevor Will ihn aufhalten konnte, hatte Oxo schon Anlauf genommen und rammte seinen Schädel gegen den Laptop. Der Computer fiel mit Gepolter zu Boden, wo er mit zerschmettertem Bildschirm und einem Loch in der Tastatur liegen blieb. Die Schafe starrten auf das zertrümmerte Gerät.

»AchduliebesGras …«, begann Jasmine. »Du hast ihn umgebracht.«

»Die Hauptsache ist, dass wir Ja gesagt haben«, meldete sich Sally zu Wort. »Wir haben Ja gesagt und er hat uns verstanden. Ihr habt doch alle das Flugzeug und die glühende Sonne gesehen.« Sie blickte die anderen strahlend an. »Wir sind auf dem Weg nach Amerika!«

Will war sich nicht so sicher, aber in dem Moment vernahmen sie das Quietschen von Reifen und einen lauten Motor.

»Das ist das Flugzeug!«, schrie Sally. »Das hat sich aber ganz schön beeilt, oder?«

»Oje, oje«, blökte Jasmine weinerlich, »ich habe mich noch gar nicht zurechtgemacht. So, wie ich aussehe, kann ich unmöglich nach Amerika reisen ...«

Sie begann hektisch, ihre Hufe an einer hilfsbereiten Henne auf Hochglanz zu polieren.

»Das kann kein Flugzeug sein«, widersprach Will. »Wir müssen erst mit einem Lastwagen oder so zum Flughafen fahren.«

Sie spähten hinaus auf den Hof. Will hatte Recht. Ein Flugzeug war nicht zu sehen, nur Reifenspuren im Matsch und ein Paar polierter Schuhe.

»Mit einem Lastwagen, meinst du, Liebes?«, hakte Sally nach. »Also, ich bin überzeugt, Wüsten-Air wird einen schicken. Lasst uns solange nach draußen gehen und etwas von dem guten Eppingham-Gras genießen, während wir warten.«

»Darauf fresse ich ein Büschel!«, sagte Oxo anerkennend und marschierte den anderen voraus.

Will stand noch im Stall. Er blickte sich nach dem Laptop um und fragte sich, ob Ida wohl sehr aufgebracht sein würde, wenn sie entdeckte, was damit passiert war. Und er bezweifelte noch immer, dass es ihm so einfach gelungen sein sollte, eine Reise nach Amerika zu buchen, wo es Ida doch Stunden – und manchmal jede Menge Flüche – kostete, das Gerät dazu zu bewegen, einen Sack Getreide zu kaufen. Aber Will konnte jetzt nichts weiter unternehmen. Also ging er zum Grasen nach draußen und hoffte das Beste.

Linx komponierte bereits seinen ersten Teufelszungen-Rap:

»Für gewöhnlich sind wir friedlich
Und machen keinen Rabatz,
Aber dich Teufelspack warn ich,
Für dich ist hier kein Platz!
Auch Lambad, der Spacko,
Hat geglaubt, er könne uns schlagen,
Doch dem haben wir's gegeben,
Das wird der nie mehr wagen.
Jetzt ruft man uns wieder
Und wir brechen auf gen Westen.
Und du, Monster-Macker,
Bekommst es zu tun mit den Besten.
Teufelszunge also. Soll das 'ne Drohung sein?
Mann, wie vermessen!
Hier meine Warnung an dich:
Kriegerschafe sind wir!
Das solltest du nich' vergessen!«

Die übrigen Schafe hoben die Köpfe und blökten im Chor:

»Jo, Kriegerschafe sind wir!
Das solltest du nich' vergessen!«

Während sie sangen, trat Todd mit einem Eimer Kohlblätter aus dem Farmhaus. Verblüfft betrachtete er die Schafe, die sich lautstark vor dem Gatter der Weide drängten. Es wirkte so, als würden sie auf etwas warten. Todd grinste in sich hinein. Wenn sie nur wüssten, dass sie auf dem Weg nach Amerika waren! Er gab ihnen den leckeren Kohl und ging dann in den Stall, um die Hühner zu füttern und auf dem Laptop seiner Oma etwas über Rhabarber herauszufinden.

Will hörte auf zu singen und beobachtete, wie Todd im Tor verschwand. Wenige Minuten später tauchte er mit dem kaputten Laptop wieder auf. Aber er warf den Schafen keine bösen Blicke zu. Ja, er winkte ihnen sogar, als er zurück zum Haus ging. Will war erleichtert.

»Den Schafen geht es gut, Oma«, rief Todd, während er aus seinen Stiefeln schlüpfte. »Aber ich kann nichts über Rhabarber herausfinden. Schau bloß, was die Hühner mit deinem Computer angestellt haben!«

Die Bummbergs

Während die auserwählten Kriegerschafe auf der Weide wiederkäuten und Todd und Ida durch das Haus wuselten, um zu packen, trug eine Stewardess Strohballen in ein kleines Privatflugzeug.

Der Jet stand auf einem stillgelegten Flugplatz. Seine Kabine war in zwei Bereiche unterteilt: Vorne befand sich eine einzelne Sitzreihe, im hinteren Bereich, abgeteilt durch eine Trennwand, gab es keine Sitze, sondern nur eine Art Pferch für Tiere.

Ein Mann in einer Pilotenuniform half, das Stroh auf dem Boden zu verteilen.

»Smithy war seltsam drauf«, erzählte die Stewardess, die Jo hieß. »Er hat sich nur sein Geld geschnappt und ist abgehauen. Ihm schien ganz schön heiß zu sein.«

»Vielleicht hat er etwas gegessen, das er nicht vertragen hat«, erwiderte Don, der Pilot. »Das ist das erste Mal, dass wir

Schafe transportieren, oder? Ich erinnere mich nur an Katzen, Hunde und Pferde.«

Jo nickte.

»Warum hat es die Kundin so eilig, die Tiere zu bekommen?«, wollte Don wissen.

»Ich habe nicht nachgefragt. Das tue ich nie. Vermutlich will sie wie alle anderen auch nur die Quarantänevorschriften umgehen.« Jo grinste. »Was kümmert es uns, Don? Sie zahlt uns ein Vermögen.«

Auch anderenorts wurde über Tiere gesprochen: nicht auf einem Flugfeld, sondern an einem streng geheimen Ort, weitab vom Schuss in der Wüste von Arizona – von Arizona, Amerika.

In einem Raum, den lediglich der Schein unzähliger Monitore auf unzähligen Kontrollpulten erhellte, starrten sich mehrere Männer und Frauen über einen langen Tisch hinweg erbittert an. Ihre zornigen Gesichter wirkten seltsam grau im Licht der Computerbildschirme. Die meisten von ihnen trugen schmuddelige weiße Baumwollkittel und darunter Jeans und T-Shirts.

Am Kopfende des Tisches war Professor Stanley Bummberg in gekrümmter Haltung damit beschäftigt, stirnrunzelnd Zahlen auf ein Blatt Papier zu kritzeln, wobei er fortwährend einen winzigen Computer an seinem Handgelenk konsultierte. Aus der Brusttasche seines sauberen, weißen Kittels ragte eine Reihe Bleistifte und zwei weitere steckten in seinen Ohren. Er bemühte sich, die lautstarke Debatte seiner Angestellten auszublenden.

»Hunde!«, rief ein Mann auf der einen Seite des Tisches. »Die idealen Tiere sind Hunde!«

»Zu dumm«, murmelte Professor Bummberg.

Niemand hörte auf ihn.

Die Wissenschaftler machten sich selten die Mühe, dem Professor zuzuhören, obwohl er ihr Chef war. Eigentlich taten sie es nur dann, wenn seine Frau sich in der Nähe befand. Das Wesen von Frau Holly Bummberg war nämlich so stachelig, wie ihr Vorname erahnen ließ, denn Holly bedeutete Stechpalme.

»Wir können keine Hunde opfern«, schrie eine Frau. »Sie sind so treue Gefährten!«

»Das stimmt«, pflichtete ihr ein anderer Mann bei. »Katzen. Wir müssen Katzen nehmen.«

»Das schlägst du doch nur vor, weil du keine Katzen magst«, entgegnete eine Frau, die ihm gegenübersaß.

»Darum geht es gar nicht!«, brüllte der Mann. »Wir sollten sie nehmen, weil das kluge Tiere sind. Egoistisch, aber klug.«

»Es ist nicht verwerflich, egoistisch zu sein …«, brummte Professor Bummberg, ohne aufzuschauen.

»Hört mal, wir hätten schon vor Wochen eine Entscheidung treffen müssen«, rief der Mann, der zuerst gesprochen hatte. Er schlug mit der Faust auf den Tisch. »Hunde!«

»Katzen!«, schrien alle Hundefreunde, stießen ihre Stühle zurück und sprangen auf.

»Hunde!«

»Katzen!«

Das Geschrei nahm einfach kein Ende.

»Schweine!«, brüllte irgendjemand, bemüht, die festgefahrene Diskussion wieder in Gang zu bringen.

»*Viel* zu intelligent«, grummelte der Professor, während er auf dem Bildschirm seines Armbandcomputers komplizierte Zahlenreihen überprüfte.

Bis auf den Professor standen mittlerweile alle herum und brüllten sich an, als plötzlich die Tür aufgerissen wurde und Holly Bummberg, die Frau des Professors, hereinrauschte. Sie trug einen schicken schwarzen Anzug, hatte eine Aktentasche bei sich und die hohen Absätze ihrer roten Schuhe klapperten energisch über den gekachelten Boden. Holly Bummberg war eine Frau der Tat und gut im Organisieren, keine Wissenschaftlerin, und jetzt gerade war sie höchst zufrieden mit dem, was sie gerade organisiert hatte.

»Alles geregelt, Schatz«, verkündete sie und klopfte dem Professor auf seine knochige Schulter.

Der Bleistift rutschte ihm ab und schmierte einen dicken grauen Strich über seine Berechnungen. Er seufzte. Holly nahm die Stifte aus seinen Ohren.

»Ich habe gerade einen Anruf des Piloten erhalten, Schatz. Die Schafe sind unterwegs.«

»Schafe?« Alle starrten Holly Bummberg an und ließen sich geschockt auf ihre Stühle fallen.

»Wir können keine *Schafe* verwenden«, quäkte eine der Frauen. »Die sind ja sogar noch dümmer als Hunde.«

»Diese nicht«, widersprach Mrs Bummberg knapp. »Sie sind wie geschaffen für die Aufgabe. Ich gebe Ihnen mein Wort.« Sie blickte in die Runde am Tisch. »Haben Sie eigentlich nichts an Ihren Computern zu tun?«

Ein schmuddeliger Weißkittel machte daraufhin den Anfang und erhob sich. Die anderen folgten.

Wie Schafe, dachte Holly bei sich, während die Mitarbeiter hintereinander den Raum verließen.

Sobald sie weg waren, schlug Holly die Tür hinter ihnen zu, wandte sich wieder an ihren Mann und klopfte ihm begeistert auf die knochige Schulter. Er zuckte zusammen. Weil Stanley oft zu essen vergaß, war er mager, blass und nicht besonders kräftig. Seine Frau, die mit derselben Gewissenhaftigkeit auf ihre Gesundheit achtete, wie sie sich um alles andere kümmerte, war topfit.

»Das sind außergewöhnlich intelligente Schafe, Stanley«, sprudelte es aus ihr heraus. »Ich weiß noch, dass ich sie im Fernsehen gesehen habe, als ich das letzte Mal meine Mutter in England besuchte. Sie haben einen Zug gestoppt und so einem Jungen das Leben gerettet.«

»Im Ernst?«, fragte der Professor und bemühte sich, interessiert zu klingen. *Selbstverständlich* interessierte es ihn. Er benötigte Tiere für den Tag B und diese Schafe schienen sich perfekt zu eignen. Aber er wünschte, Holly würde die Schafe einfach holen und ihn damit in Ruhe lassen.

»Ja, im Ernst, Schatz. Das sind erstaunliche Tiere«, antwortete Holly. »Fünf Schafe sind unterwegs. Du kannst dir also zwei aussuchen und den Rest schaffen wir beiseite.«

»Ausgezeichnet, ganz ausgezeichnet …«

»Leider kommen die Eigentümer auch mit. Das ist lästig, aber ich habe mir schon einen Plan für sie zurechtgelegt.«

»Daran zweifle ich nicht, Liebling«, erwiderte Stanley, während er auf Abstand ging, um einen weiteren Schlag auf die Schulter oder, noch schlimmer, einen Kuss zu vermeiden. »Ähm … wie ist es möglich, dass wir sie so schnell bekommen? Gibt es da nicht Vorschriften für die Einfuhr von Tieren in die Vereinigten Staaten?«

»Oh, ja, klar gibt es die«, bestätigte Holly leichthin. »Es ist nicht erlaubt, Tiere ins Land zu bringen. Zumindest nicht ohne Genehmigung. Und dann müssen sie eine Ewigkeit in Quarantäne, um sicherzugehen, dass sie keine fiesen Krankheitserreger oder Würmer oder irgendetwas einschleppen.« Sie lächelte beruhigend. »Aber für all das haben wir keine Zeit. Also habe ich ein kleines Unternehmen in England ausfindig gemacht, das diskret – und ohne Fragen zu stellen – derartige Transporte übernimmt.«

Stanley schluckte. »Das muss dich eine ordentliche Stange Geld kosten, Liebling.«

Holly zuckte mit den Schultern. »Das ist doch nur Geld.« Dann lächelte sie. »Mit meinem Geld und deiner Intelligenz sind wir eine ernst zu nehmende Macht, Stanley Bummberg.«

Stanley nickte. Seine Augen leuchteten auf einmal und seine dünnen Lippen verzogen sich zu einem Lächeln. »Und das wird die Welt bald erfahren.«

»In der Tat«, bekräftigte Holly. »Wir werden reich *und* berühmt sein.« Dann drehte sie sich um und klapperte auf ihren hohen roten Schuhen entschlossen zur Tür. »Also, sie treffen bei Tagesanbruch ein und wir müssen sie gemeinsam in Empfang nehmen«, erklärte sie.

Stanley öffnete den Mund, um zu protestieren. Er wollte die Eigentümer der Schafe nicht treffen. Er mochte keine Menschen. Und er hatte noch so viele Berechnungen anzustellen bis zum Tag B. Aber es war zu spät. Seine Frau hatte den Raum verlassen und die Tür fest hinter sich geschlossen.

Auf der anderen Seite des Atlantiks machte vor der Eppingham-Farm ein kleiner Lastwagen halt. Oxo senkte den Kopf, bereit, das Gatter der Weide zu zertrümmern, um den Weg frei zu machen. Doch bevor er losstürmen konnte, kam schon Todd aus dem Haus gerannt und löste den Haken. Oxo war verdutzt und ein bisschen enttäuscht.

Todd sah zu, wie die Schafe durch das geöffnete Gatter und dann die Rampe hinauf in den Laderaum des Lasters trotteten. Anschließend schloss er die Ladeklappe und der Laster fuhr davon. Wenige Minuten später traf ein Wagen für Todd und seine Oma ein. Sie quetschten sich mit ihrem Gepäck hinein.

»Die Schafe sind so bereitwillig gefolgt«, berichtete Todd, während sie es sich für die Fahrt zum Flughafen bequem machten, »man hätte meinen können, sie hätten es *erwartet*, auf eine Reise zu gehen.«

»Deine Fantasie geht mit dir durch«, erwiderte Ida. Dann kniff sie ihn in den Arm. »Fliegen wir tatsächlich zu einer Veranstaltung nach Amerika?«

»Wir sind die Gäste von Rhabarber. Vielleicht nennen sie mich Vanillecreme?«, kicherte Todd.

»Und wie nennen sie mich dann?«, wollte Ida wissen.

»Du kannst ja der Streuselkuchen sein.«

Todd lachte und duckte sich, um Idas angedeutetem Schlag auszuweichen.

»Sei mal nicht so frech!«, sagte sie.

Nach ungefähr einer Stunde bog der Wagen von der Hauptstraße ab und fuhr über kleinere Wege zu einem weitläufigen Feld, an dessen hinterem Ende sich eine grasbewachsene Startbahn befand. Ein kleines Düsenflugzeug stand für sie bereit.

»Nach dem Großflughafen Heathrow in London sieht das nicht gerade aus«, bemerkte Todd, der aus dem Wagenfenster spähte.

Der Laster hatte in der Nähe des Flugzeugs angehalten und

die Schafe trabten bereits über eine Rampe in den hinteren Teil der Kabine. Todd und Ida eilten hinüber und winkten, bis die Tür sich hinter den Schafen schloss. Dann wandten sie sich zur vorderen Kabinentür, wo eine Stewardess sie erwartete. Sie warf nicht einmal einen Blick auf Idas Tickets, während sie die beiden die Stufen hinaufgeleitete.

»Sind wir die einzigen Passagiere?«, fragte Todd und starrte auf die eine Sitzreihe.

»Ja«, bestätigte die Stewardess lächelnd. »Das ist eine sehr exklusive Fluglinie. Mein Name ist Jo und Sie reisen heute mit uns erster Klasse. Wenn Sie jetzt bitte Ihre Sicherheitsgurte schließen würden. Wir sind abflugbereit.«

Die Krieger hinter der Trennwand hatten keine Sicherheitsgurte, doch dafür jede Menge Stroh und einen großen Trog mit Futter.

»Wie freundlich von Todd und Ida, uns zu verabschieden«, merkte Sally an.

»Jep«, stimmte Oxo zu. »Aber woher wussten sie, dass wir nach Westen unterwegs sind, um Teufelszunge unsere Hörner in den Hintern zu rammen?« Er senkte den Kopf und machte sich über ein Maulvoll Grünzeug aus dem Trog her. »Habe ich da was verpasst?«

Darüber hatte auch Will sich Gedanken gemacht. »Vielleicht haben sie eine Nachricht auf dem Laptop gesehen. Eine Mitteilung von Wüsten-Air?«

»Unmöglich«, widersprach Jasmine, erfreut, dass ihr etwas

aufgefallen war, das Will übersehen hatte. »Oxo hat den Laptop umgebracht. Schon vergessen?«

»Vielleicht hat Todd ihn repariert«, überlegte Will beharrlich weiter. Er konnte sich nicht erklären, wie die beiden sonst von ihrer Reise erfahren haben könnten.

Das Flugzeug, das sich langsam in Bewegung gesetzt hatte, begann genau in diesem Moment auf der Startbahn zu beschleunigen.

»AchduliebesGras …«, wimmerte Jasmine und vergaß ihren kleinen Triumph.

Motoren dröhnten und Lichter blitzten vor den Fenstern auf, während das Flugzeug über die Startbahn donnerte. Dann hoben seine Räder vom Boden ab und es stieg so steil in die Höhe, dass die Schafe durch das Stroh kullerten.

»Krass!«, brüllte Linx.

»Auf Wiedersehen, Todd und Ida!«, rief Will.

»Kümmert euch gut um die Kohlfelder!«, fügte Oxo hinzu.

»Auf Wiedersehen, Regen!«, kreischte Jasmine.

Sally war außer sich vor Aufregung. »Flieg uns nach Westen!«, schrie sie. »Wo die heißesten Winde wehen!«

Nur wenige Zentimeter vor ihnen auf den Passagiersitzen waren Todd und Ida nicht weniger aufgeregt. Als der Jet seine Flughöhe erreicht hatte, servierte Jo ihnen ein köstliches Abendessen und zeigte einen lustigen Film. Danach streckten sie sich auf den Sitzen aus und Jo deckte sie mit weichen, warmen Decken zu.

»Ich bin zu aufgeregt, um zu schlafen«, wisperte Todd, als die Stewardess gerade das Kabinenlicht dimmte.

»Ich auch«, erwiderte seine Oma flüsternd.

Ein paar Minuten später schnarchten beide leise. Sie schliefen noch immer, als das Flugzeug zum Tanken zwischenlandete … und erneut abhob.

Stunden später weckte Jo ihre Passagiere mit einem sanften Rütteln an der Schulter. »Bitte schnallen Sie sich zur Landung wieder an«, bat sie. »Es ist fünf Uhr morgens Ortszeit und die Außentemperatur beträgt 25 Grad.«

Die Krieger hatten ebenfalls tief und fest geschlafen. Das Motorengeräusch und ihre vollen Mägen hatten sie müde gemacht. Aber jetzt waren sie hellwach. Sie sprangen frisch und erwartungsvoll auf die Hufe.

»Ich kann Lichter sehen«, verkündete Will, der durch ein Fenster äugte. »Wir landen gleich.«

Die Räder setzten rumpelnd auf dem Boden auf, das Flugzeug raste über die Landebahn und kam schließlich ruckelnd zum Stehen.

»Wir sind in Amerika!«, flüsterte Will.

»Teufelszunge, der Tag der Abrechnung ist gekommen«, rief Sally aus.

»Kriegerschafe sind wir! Das solltest du nich' vergessen!«, bekräftigten die anderen im Chor.

Vom Rande des Parkplatzes aus beobachtete Holly Bummberg die Landung und quetschte aufgeregt die Hand ihres Mannes. Er bemühte sich, den Schmerz auszublenden.

»Du hast doch die Sensoren mitgebracht, Liebling?«, erkundigte er sich.

Holly klopfte sich auf die Jackentasche. »Selbstverständlich«, antwortete sie. »Alles ist bereit, Schatz.«

Die Auserwählten

»Das ist wieder so ein kleiner Flughafen«, sagte Todd zu seiner Großmutter, während sie vom Flieger auf den Maschendrahtzaun, der das Flugfeld umgab, zumarschierten.

»Zumindest müssen wir nicht auf unser Gepäck warten«, erwiderte Ida.

Der Pilot ging ihnen mit großen Schritten voraus und trug ihre Taschen.

Todd und Ida hielten inne und blickten zurück. Jo scheuchte die Schafe in einen Schuppen am entgegengesetzten Ende des Felds. Die Stewardess hatte ihnen erklärt, dass ankommende Tiere immer dort entlangmüssten.

»Es scheint ihnen gut zu gehen«, stellte Todd fest.

Der Pilot marschierte durch ein Tor im Zaun und steuerte den Parkplatz an.

Todd und Ida mussten rennen, um mit ihm Schritt zu halten.

Keines der Schafe bemerkte die beiden. Sie waren zu sehr damit beschäftigt, auf ihren eigenen Weg zu achten.

»AchduliebesGras …«, stöhnte Jasmine, als sie in den Schuppen trotteten. »Puuuh, ist das heiß!«

»Und dabei ist die Sonne noch nicht mal aufgegangen«, sagte Will mit einem Blick zum dämmrigen Himmel.

»Ausgezeichnet«, sagte Sally, »das *muss* der richtige Westen sein. Wir suchen den Westen, wo die Sonne den Pelz versengt.«

»Und die heißesten Winde wehen«, grummelte Linx und rückte etwas von Oxo ab, weil der im Flieger zu viel von dem Grünzeug gefressen hatte und jetzt bei der Verdauung jede Menge Gase produzierte.

Als Todd und Ida auf dem Parkplatz ankamen, quetschte Holly Bummberg erneut Stanleys Hand.

»Also, Liebling. Das müssen die Eigentümer der Schafe sein. Weißt du noch, was du zu tun hast?«, fragte sie.

»Sie zur Ranch *Am Ende der Welt* fahren«, erwiderte Stanley widerwillig.

»Und weiter?«

Stanley verzog das Gesicht. »Charmant sein.«

»Du schaffst das, wenn du dir Mühe gibst«, sagte Holly mit Bestimmtheit. Ihr Tonfall wurde wieder geschäftig. »Der Schaftransporter, den ich bestellt habe, müsste jeden Augenblick eintreffen. Sobald er da ist, folge ich dir damit auf die Ranch und du kannst dir zwei Tiere aussuchen.«

Der Pilot erreichte den Wagen der Bummbergs – es war das einzige Fahrzeug auf dem Parkplatz –, ließ Todds und Idas Gepäck fallen und eilte zurück zum Flugzeug.

»Vergiss nicht«, wisperte Holly ihrem Mann ins Ohr, »du bist vom Rettungs- und Hilfskomitee für Außergewöhnlich Bescheidene, Ausgestoßene Rasseschafe von Bildschöner, Edler Rundumerscheinung.«

Panik machte sich auf dem Gesicht des Professors breit. »Ich bin was? Sag es mir noch mal.«

»Du bist Rhabarber.«

Sie versetzte ihm einen kleinen Schubs und schritt resolut in Richtung Schuppen davon. Im Gehen schenkte sie Todd und Ida noch ein fröhliches Lächeln.

»Ich bin Rhabarber, Rhabarber, Rhabarber …«, murmelte der Professor und ging langsam mit hochgezogenen Schultern und gesenktem Kopf zu seinem Auto.

Er murmelte immer noch vor sich hin, als er seinen angeblichen Gästen gegenüberstand.

»Guten Morgen«, sagte die alte Dame höflich. »Ich bin Ida White und das ist mein Urenkel Todd.«

»Ich bin Rhabarber«, verkündete Professor Bummberg. Es folgte eine Pause. Er wusste nicht, was er sonst noch sagen sollte, also öffnete er die Wagentür und forderte die beiden mit einer Handbewegung auf einzusteigen.

Es war eine sehr lange, flache schwarze Limousine mit getönten Scheiben. Stanley schaltete die Klimaanlage an, gab

Todd eine Fernbedienung und zeigte ihm, wie er kühle Getränke aus der Mini-Bar holen konnte.

»Äh, also dann mal los«, sagte er und glitt auf den Fahrersitz.

»Was ist mit unseren Schafen?«, wollte Ida wissen.

»Sie sind direkt hinter uns«, erklärte Stanley. »Meine Frau bringt sie.«

»Ist das da Ihre Frau?«, fragte Ida und betrachtete durch die dunkle Scheibe die Frau mit den roten Stöckelschuhen, die quer über den Parkplatz auf sie zuhastete. »Sie wirkt ziemlich verärgert.«

Holly war verärgert.

»Entschuldigen Sie vielmals die kleine Verzögerung«, sprudelte sie los und spähte durch ein geöffnetes Fenster ins Wageninnere. »Machen Sie es sich kurz gemütlich, während wir die … äh … Formalitäten regeln.«

Sie wandte sich an ihren Mann und zischte ihm aus dem Mundwinkel zu: »Komm mit, Stanley.«

Stanley versuchte erst gar nicht, sich zu widersetzen. Er schlüpfte aus dem Auto und folgte ihr zu dem Schuppen.

»Du darfst dich einfach nie darauf verlassen, dass irgendjemand irgendetwas richtig macht!«, schimpfte Holly, während sie voranschritt. »Ich habe einen Laster bestellt und nun sieh dir an, was sie geschickt haben!«

Hinter dem Schuppen stand ein kleines, offenes Fahrzeug, wie es Golfer benutzen.

»Und die Trottel geben *mir* die Schuld! Sie behaupten ich hätte Golfwagen gesagt, obwohl ich klar und deutlich einen Lastwagen bestellt habe!« Sie drehte sich zu Stanley um. »Nun, mit diesem Ding lassen sich keine fünf Schafe befördern. Du musst hier und jetzt deine Wahl treffen.«

Stanley wedelte abwehrend mit den Händen und schnalzte missbilligend mit der Zunge. Er konnte es nicht leiden, wenn man ihn drängte.

»In Ordnung«, sagte er schließlich. »Ich hole den Gehirnscanner aus dem Auto.«

»Dafür ist keine Zeit«, widersprach Holly. »Was wir hier tun, ist illegal! Und der Pilot will, dass wir verschwinden – jetzt!« Sie stieß die Tür auf und trat eilig in den Schuppen. Fünf Augenpaare starrten sie an. »Welche zwei sollen wir deiner Meinung nach nehmen?«

Stanley folgte ihr hinein und schloss missmutig die Tür. »Nur durch bloßes Ansehen kann ich das schlecht wissen, oder?«

»Ich habe dir bereits gesagt, dass sie alle schlau sind«, erinnerte ihn seine Frau.

»Ich weiß, aber ich bin Wissenschaftler. Ich muss eine Art Intelligenztest durchführen.« Stanley blickte sich gereizt im Raum um. »Ah!«

Er hatte an der Schuppenwand einen Stapel Eimer und einen Behälter mit Viehfutter entdeckt. Er hastete hinüber, nahm drei Eimer und stellte sie in einer Reihe auf. Dann nahm er vor den Augen der Schafe eine Handvoll Futter aus dem Behälter. Mit einer ausladenden Bewegung ließ er in den ersten Eimer eines der traubengroßen, gepressten Futterkügelchen fallen. Dann warf er zwei davon in den nächsten Eimer, während er den dritten leer ließ.

»Gib mir die Zeitung da, Liebling«, bat er.

Holly warf einen raschen Blick auf ihre Uhr, holte aber die alte Zeitung, auf die ihr Mann deutete, und reichte sie ihm. Er deckte jeden Eimer mit einer Zeitungsseite ab.

»Die klügsten Tiere werden sich erinnern, in welchem Eimer das meiste Futter ist, und geradewegs darauf zusteuern«, erklärte Stanley seiner Frau. Er verschränkte die Arme und starrte die Schafe an.

Sie starrten zurück.

»Was soll das Theater?«, fragte Oxo.

Die Schafe hatten während des Flugs gut gefressen und nicht einmal Oxo verspürte schon wieder Appetit auf einen Imbiss.

»Keine Ahnung«, antwortete Will.

Jasmine bemerkte plötzlich, dass einer der Eimer stärker glänzte als die anderen. Sie trottete darauf zu. »Achduliebes-Gras …«, jammerte sie, während sie ihr Spiegelbild auf der blanken Oberfläche betrachtete. »Seht euch bloß an, wie die Hitze jetzt schon meinem Fell zugesetzt hat …«

Holly stand mit dem Klemmbrett, das sie stets in ihrer Aktentasche bei sich hatte, neben ihrem Mann.

»Das Schaf kannst du von der Liste streichen«, sagte der Professor. »Es ist zielstrebig auf den leeren Eimer zumarschiert.«

Will ging zu Jasmine hinüber, packte die Zeitungsseite, die auf dem leeren Eimer lag, mit den Zähnen und zerrte sie auf den Boden. »Wenn ich eine Karte finde, kann ich vielleicht ermitteln, wo genau wir sind.«

»Ebenso dumm wie das erste Schaf«, stellte der Professor fest. »Streich es.«

»Bist du sicher, Schatz?« Holly betrachtete Will. »Auf mich macht es eigentlich einen ziemlich intelligenten Eindruck.«

Der Professor zog die Augenbrauen hoch. »Liebling, gebe ich dir etwa Ratschläge, wie du beim Planen und Organisieren vorgehen sollst?«

»Entschuldige, Schatz.«

Holly biss sich auf die Lippe. Es kam selten vor, dass Stanley ihr widersprach, und wenn, ging es immer um irgendetwas Wissenschaftliches. Und sie schluckte das. Immerhin war er der klügste Wissenschaftler der Welt. Oder zumindest hielt sie ihn dafür.

Die beiden beobachteten die Schafe eine Weile schweigend, dann warf Holly erneut einen Blick auf ihre Uhr und begann nervös mit den Fingern auf das Klemmbrett zu trommeln. Linx stand auf und entfernte sich.

»Mann, die hat echt kein Rhythmusgefühl«, grummelte er. »Das tut einem ja in den Ohren weh.«

»Streichen?«, fragte Holly.

»Streichen«, bestätigte Stanley.

»Also nehmen wir die zwei Übriggebliebenen?«

»Lass mich nur kurz auf Nummer sicher gehen.«

Der Professor schaufelte mit der Hand eine Ladung Futterkügelchen aus dem Behälter, reckte seine Faust dann in die Höhe und ließ das Futter geräuschvoll in den leeren Eimer prasseln. Anschließend faltete er erneut eine Zeitungsseite auseinander und breitete sie mit einer theatralischen Geste über den Eimer.

Da sprang Oxo ein unheimliches, ein bekanntes Bild ins Auge. Er erstarrte.

»Seht ihr, was ich sehe?«, fragte er.

Nur ihm und Sally war es aufgefallen.

»Eine rote Zunge«, flüsterte sie. »Auf dem Eimer.«

»Genau wie die auf dem Laptopdingens, oder?«, hakte Oxo nach.

»Genau so eine«, bestätigte Sally. »Ist das ein Pop-up?«

»Nein«, knurrte Oxo, »das ist eine Kampfansage.«

Er senkte den Kopf und griff an. Sally tat es ihm nach. Der glänzende Eimer mit der Handvoll Futterkugeln darin schleuderte quer durch den Schuppen und die Zeitungsseite wurde von vier Paar Hufen, die auf dem abgedruckten Bild der Teufelszunge herumtrampelten, in Fetzen gerissen.

Die Bummbergs flüchteten hastig auf einen Haufen Heuballen.

»Wahnsinn«, murmelte Stanley. »Die sind wie Raketen auf ihr Ziel zugeschossen.«

Holly holte ein Seil aus ihrer Handtasche und knüpfte einen Lassoknoten. Dann stand sie auf und nahm ihre Opfer ins Visier. Es gab kein Entrinnen.

Die Klammerpistole

»Was ist passiert?«, rief Will und rannte mit Jasmine und Linx zu Oxo und Sally neben den umgeworfenen Eimer.

»Teufelszunge!«, keuchte Sally und stupste mit ihrer Schnauze die zerrissene Zeitung an.

»Ooh … haben wir ihn schon erledigt?«, japste Jasmine.

»Nein, Liebes«, widersprach Sally. »Der hier ist nicht echt. Wir haben nur geübt.«

Will starrte angestrengt auf einen der Fetzen mit einer Schlagzeile.

»Hier steht etwas von der Teufelszunge«, erklärte er Jasmine. »Und zwar: ›Die Teufelszunge ist …‹«

»Was? So gut wie tot?«, fragte Oxo.

»Nein«, erwiderte Will. »Da steht: ›Die Teufelszunge ist auf dem Weg!‹«

Er schaute auf und wirkte zufrieden. »Sehr gut. Jetzt müssen wir nur herausfinden, auf welchem Weg.«

»Simpel«, sagte Oxo. »Gehen wir.«

Aber gerade, als er sich zur Tür wandte, traten plötzlich seine Augen hervor und aus seiner Kehle drang ein ersticktes Gurgeln. Sally neben ihm würgte ebenfalls und auch ihre Augen quollen hervor. Hoch oben auf den Heuballen hatte Holly Bummberg ihr Lasso ausgeworfen und beide auf einen Schlag in der Schlinge gefangen.

»Halt sie fest!«, befahl Holly und reichte Stanley das Seil. »Zieh so kräftig zu wie nötig. Sorg dafür, dass sie sich nicht bewegen.«

»Ich *kann* sie nicht halten!«, schrie Stanley. Er rammte seine Füße tief ins Heu und presste seine Hände, mit denen er das Seilende umklammerte, an die Brust. »Was hast du vor, Liebling?«

»Ist das nicht offensichtlich, Schatz?«, erwiderte Holly und sprang auf den Boden. Aus ihrer Aktentasche hatte sie einen Apparat gezogen, der aussah wie ein sehr großer Tacker. Jetzt setzte sie etwas in das Gerät ein, während sie sich den zappelnden Schafen näherte. »Eigentlich wollte ich das auf der Ranch erledigen, aber ich kann die Sensoren ebenso gut hier anbringen, solange die Tiere gefesselt sind.«

Holly machte einen Satz nach vorne, packte Sallys Ohr und tackerte geschickt einen silbernen Knopf fest.

»Perfekt …«, erklärte sie und setzte einen goldenen Knopf in das Gerät ein.

Oxo würgte und wand sich hilflos. Holly ging auf ihn zu,

schob sich die Ärmel ein Stückchen hoch, um ihre Manschetten nicht zu beschmutzen, und griff sich eines seiner Ohren. Mit einem schnappenden Geräusch schoss das Gerät den goldenen Knopf durch sein Fleisch.

»AchduliebesGras …«, heulte Jasmine. »Das muss schrecklich wehtun!«

Holly blickte lächelnd zu ihrem Mann hinauf und verstaute den Apparat in ihrer Aktentasche. »Wir sind wieder auf Kurs, Schatz«, rief sie. »Du kannst jetzt zum Auto zurückgehen und die alte Schäferin und den Jungen zur Ranch fahren. Ich bringe die zwei hier mit der blöden Golfkarre zum Stützpunkt. Sie müssten gerade so reinpassen.«

»Was ist mit den übrigen Schafen, Liebling?«, wollte Stanley wissen, während er von den Heuballen herunterschlitterte, das Seilende noch immer fest an die Brust gepresst.

Holly zuckte mit den Schultern. »Für die haben wir jetzt keine Verwendung mehr. Wir lassen sie hier.«

»Sie sterben ohne Wasser«, merkte Stanley an. Sein Blick, der über Jasmine, Will und Linx hinwegglitt, blieb allerdings gleichgültig.

»Dafür sind Schafe doch schließlich da, oder? Zum Sterben und Gefressenwerden«, entgegnete Holly geistesabwesend.

Sie öffnete die Tür einen Spaltbreit und spähte hinaus. Don, der Pilot, schritt neben dem Flugzeug unruhig auf und ab. Als er Holly erblickte, tippte er ungeduldig auf seine Armbanduhr.

»Beeil dich, Schatz«, sagte sie zu Stanley. »Der Pilot rastet aus, wenn wir nicht bald von hier verschwinden.«

»O.k., o.k., ich bin schon weg.« Der Professor ließ das Seilende fallen und hastete zur Tür. »Wir bleiben in Kontakt.«

Er verschwand und ließ die Tür hinter sich offen stehen. Sonnenlicht flutete ins Innere des Schuppens und die Schafe folgten instinktiv dem Ruf der Freiheit. Holly bückte sich und griff eilig nach dem Seil, das Sally und Oxo hinter sich herschleiften. Sie riss die beiden zurück, so dass die Schlinge sich um ihre Hälse zusammenzog und die beiden erneut würgen und husten mussten.

»*Ich* bestimme hier, wann wir gehen«, sagte sie zu den Schafen und wich noch ein paar Schritte zurück, um sie halten zu können.

Doch da passierte Holly etwas Eigentümliches, etwas Würdeloses: Die Füße rutschten ihr unter dem Körper weg und rutschten einfach weiter, egal wie sehr sie sich bemühte, aufrecht stehen zu bleiben. Es war so, als wollte man auf Rollerskates rückwärts einen Berg hochfahren – es funktionierte nicht. Im nächsten Moment lag sie schon auf dem Rücken. Sie klammerte sich an das Seil, aber jetzt rutschten nicht nur ihre Füße, sondern auch ihr Hintern über den Boden.

In dem Augenblick, bevor sie schmerzhaft von der Wand gebremst wurde und ihr das Seil entglitt, war sich Holly sicher, das kleine braune Lamm neben dem Futterbehälter stehen zu sehen. Der Behälter lag auf der Seite und die gesamten Futterkügelchen kullerten über den Boden wie Tausende pflanzlicher Murmeln. Es war aber doch völlig undenkbar, dass das Lamm den Behälter umgestoßen hatte! Und das war noch nicht alles: Sie glaubte außerdem zu sehen, dass das Lamm mit dem gelockten Schafbock die Vorderhufe aneinanderschlug wie zu einem High Huf. Und sie war sich ganz sicher, dass das Lamm anschließend zur Tür trippelte, durch die sich gerade die beiden von Stanley auserwählten Schafe gleichzeitig quetschen wollten, und sich auf die Schlinge des Lassos stellte, so dass diese sich lockerte und die beiden ihre Köpfe daraus befreien konnten.

Dann waren sie weg und Holly blieb mit nichts als heftigen Kopfschmerzen zurück. Sie kam taumelnd auf die Beine, fegte die Futterkügelchen mit wütenden Fußtritten in alle Richtungen und hastete ins Freie. Schafleer erstreckte sich die Wüste jenseits des Maschendrahtzauns. Sie vernahm ein Geräusch und fuhr herum. Don, der Pilot, eilte schnellen Schrittes auf das Flugzeug zu. Jo hatte bereits die Kabinentür geschlossen.

»Meine Schafe sind entkommen!«, schrie Holly und rannte dem Piloten hinterher. »Sie müssen mir helfen, sie wiederzufinden!«

Don drehte sich kurz um und blickte sie finster an. »Schafe? Welche Schafe?«

Hetzjagd

Todd und Ida standen bei Stanleys Rückkehr neben dem Auto und betrachteten die karge Landschaft, die sich hinter dem Maschendrahtzaun erstreckte.

»Äh … Entschuldigung, dass Sie warten mussten«, sagte er und zupfte noch etwas Stroh von seiner Jacke. »Es war wegen der … äh …«

»Formalitäten?«, half Ida weiter.

»Ja, genau.« Ihr Gastgeber nickte. »Die Formalitäten.«

»Geht es unseren Schafen gut?«, erkundigte sich Todd.

»Sie werden gerade verladen«, erwiderte Stanley.

Beruhigt kletterten Todd und Ida wieder in die luxuriöse Limousine. Es war das größte Auto, das sie je gesehen hatten. Hinter ihnen stieg am Horizont die Sonne langsam höher, während Stanley mit dem Wagen vom Parkplatz auf die schnurgerade, leere Straße einbog. Es gab keine Häuser, keine Bäume, keine Menschen – nur ödes, flaches Land. Die Weite wurde einzig von den schroffen, zerklüfteten Felsen eines Bergmassivs in der Ferne begrenzt, die zunächst blutrot erstrahlten und allmählich in ein schwächeres Orange übergingen, während die Morgendämmerung einem stahlblauen Himmel wich.

»Wunderschön, nicht wahr?«, wisperte Todd.

»Fantastisch«, stimmte Ida zu. Sie drückte fest seine Hand und kicherte. »Das ist doch ein bisschen was anderes als Eppingham.«

»Ich bin gespannt, wo das Tagungszentrum liegt«, sagte Todd. »Soll ich ihn fragen?«

Seine Großmutter nickte, doch bevor Todd den Mund aufmachen konnte, bremste der Wagen plötzlich und die beiden wurden durch den abrupten Halt nach vorne geschleudert.

»Wir haben *was*?«, hörten sie den Professor in sein Mobiltelefon blaffen.

Von der Antwort seines Gesprächspartners am anderen Ende der Leitung bekamen sie nichts mit. Stanley schon. Er vernahm die Stimme seiner Frau laut und deutlich.

»Wir haben die Schafe verloren«, wiederholte sie barsch. »Tu so, als sei nichts geschehen, und fahr weiter.«

Jetzt wurden Todd und Ida nach hinten in die Sitze geschleudert, als das Auto ruckartig wieder anfuhr.

»Dieser Idiot von einem Piloten wollte mir nicht helfen, sie einzufangen«, fuhr Holly fort. »Egal. Sie sind mir nicht wirklich entkommen. Ich bin ihnen auf der Spur. Mach weiter wie geplant, bis ich mich wieder melde. Und sei charmant zu unseren Gästen. Lenke sie ab. Zeig ihnen die Sehenswürdigkeiten, an denen ihr vorbeikommt.«

»Wir befinden uns mitten in der Wüste«, erwiderte der Professor. »Hier gibt es nichts Interessantes zu sehen.«

»Du bist Wissenschaftler«, fuhr ihn seine Frau an. »Erfinde irgendwas.«

Und sie beendete das Gespräch.

Holly Bummberg hatte tatsächlich eine Fährte ausgemacht. Auf der Erde hinter dem Schuppen befanden sich undeutliche Schlurfspuren, die zu einer stetigen Reihe von Hufabdrücken wurden. Die Spur führte zur Wüstenstraße, zu ebenjener Straße, auf der Stanley erst wenige Minuten zuvor davongefahren war – der einzigen Straße, um genau zu sein.

Dumme Viecher, dachte Holly. Die haben ja keine Ahnung, wo sie da hinlaufen. Keinen Tag würden sie da draußen überleben. Sie musste die Schafe retten – nun ja, die beiden, die Stanley ausgewählt hatte. Der Rest konnte ihretwegen den Geiern als Fraß dienen.

Holly hatte den Schock über die Flucht der Schafe verwunden und sich gesagt, dass alles nur eine Verkettung unglücklicher Zufälle gewesen war. Kein Schaf besaß *derart* viel Grips. Ihre Selbstsicherheit war zurück. Sie sprang in den Golfwagen und wirbelte beim Davonfahren eine spektakuläre Staubwolke auf.

Irgendwo vor Holly in der schattenlosen Wüste hatten die Kriegerschafe mittlerweile das Tempo von dem anfänglichen überstürzten Galopp auf einen strammen Trab gedrosselt.

Nach einer Weile ergriff Sally das Wort: »Wir laufen doch in die richtige Richtung, oder, Liebes?«

Sie war sich sicher, dass Will irgendwann einmal gesagt hatte, man könne sich mit Hilfe der Sonne orientieren.

Wills kurze Beine mussten sehr schnell tippeln, um Schritt zu halten. »Ja«, japste er. »Die Sonne ist hinter uns und sie geht im Osten auf. Also liegt vor uns der Westen.«

»Genau das habe ich mir gedacht«, erwiderte Sally und verfiel erneut in Galopp. »Vorwärts, tapfere Krieger!«, schrie sie.

Will wollte noch etwas sagen, doch seine Stimme ging in dem Donnern der Hufe und dem schweren Keuchen unter.

Jasmine warf im Laufen einen flüchtigen Blick zu Sally und Oxo hinüber. Es hatte sicher wehgetan, als die Klammerpistolenfrau die Knöpfe in ihren Ohren befestigte, aber die Knöpfe wirkten außerordentlich mondän und funkelten silbern und golden im Sonnenlicht. Für Jasmines Empfinden war es allerdings, wie Perlen vor die Säue zu werfen, dass ausgerechnet Oxo und Sally den Schmuck trugen.

Oxo hatte den Goldknopf in seinem Ohr völlig vergessen. Der absolute Mangel an Fressbarem war weitaus besorgniserregender. Es gab schlicht und ergreifend kein Gras. Er knabberte versuchsweise an einem der grauen, verkrüppelten Bäume, die hier und da wuchsen, aber die waren so trocken und bitter, dass selbst ein Zaunpfosten in Eppingham geschmacklich besser abschnitt. Die stacheligen Kaktuspflanzen waren zwar grünlich, allerdings holte man sich daran eine blutige Nase, egal, aus welcher Richtung man sich ihnen näherte. Oxo hatte es satt, nichts zu finden, was satt machte.

»Was soll man an einem Ort, an dem man nicht mal irgendwo zum Frühstücken haltmachen kann?«, beschwerte er sich, während er weiterrannte.

»Was hast du erwartet, Alter?«, fragte Linx. »Wir sind in der Wüste, Mann!«

Jetzt endlich gelang es Will, sich Gehör zu verschaffen. »Ich denke, wir sollten langsamer laufen!«, rief er Sally zu, die immer noch vornewegstürmte, aber mittlerweile angestrengt keuchte. Sie kam schlitternd zum Stehen und ging dann, einen Augenblick später, langsam weiter. Ihre Flanken hoben und senkten sich heftig.

»Westen ist im Westen«, schnaufte sie, »und Teufelszunge trifft gleich auf die Besten …«

»Sicher, aber wir sind zu schnell losgesprintet. Wir müssen uns unsere Kräfte einteilen«, erklärte Will.

Hinter sich hörte er Linx mit heiserer, aber entschlossener Stimme einen neuen Rap anstimmen:

»So heiß war uns noch nie im Leben,
Aber wir müssen Teufelszunge den Laufpass geben.
Der Auftrag des *Vlieses* verlangt nach Vollendung,

Gejammer über die Sonne, reine Zeitverschwendung!
Und ob wir das packen! Wir sind hart im Nehmen.
Wir Kriegerschafe haben noch nie aufgegeben …
Wir Kriegerschafe haben noch nie aufgegeben …«

Zunächst sang er im Gehen allein vor sich hin, wobei er dazu mit dem Kopf wippte und seine feuchten Locken zurückwarf, die ihm in die Augen hingen. Die anderen lauschten und stimmten schließlich ein. Ihre Stimmen wurden lauter und kräftiger, als sie wieder besser Luft bekamen. Der müde Trott verwandelte sich in einen strammen Marsch. Die Krieger strafften die Schultern und ihr Kampfgeist war aufs Neue geweckt.

»Wir Kriegerschafe haben noch nie aufgegeben …«

Holly Bummberg war noch ein gutes Stück hinter ihnen, aber holte rasch auf. Sie hielt kurz an, um einen Schluck Wasser aus einer Flasche zu trinken. Mittlerweile war ihr Ärger über die Größe des Fahrzeugs und die fehlende Klimaanlage verflogen: Der offene Golfwagen war erstaunlich schnell und sie konnte während der Fahrt mühelos nach allen Seiten Ausschau halten, um die Fährte nicht zu verlieren. Immer noch waren die Hufspuren der Schafe zu erkennen. Holly fuhr sich kurz mit einem Kamm durch das Haar, trug etwas Lipgloss auf und brauste dann zuversichtlich weiter. Es war jetzt sicher nur noch eine Frage von Minuten.

Die Kriegerschafe sangen, bis ihnen zu warm zum Singen wurde, und marschierten dann schweigend weiter. Vor ihnen tauchte eine lange Reihe von Reklametafeln am Straßenrand auf.

»Ich habe sooolchen Durst …«, jammerte Jasmine, während sie an den Tafeln vorübergingen.

»Jep, und mein Magen glaubt schon, dass man mir das Maul zugebunden hat«, fügte Oxo hinzu.

Will blieb stehen und verrenkte den Hals, um zu den Tafeln hochzublicken. Sein Herz setzte für einen Schlag aus.

»Hey, wartet mal«, rief er. »Seht euch das an!«

Da oben, hoch über ihren Köpfen, prangten rote Zungen. Eine ganze Reihe roter Teufelszungen. Und unter den Bildern stand etwas geschrieben.

Will musste wegen des gleißenden Sonnenlichts die Augen zusammenkneifen.

DIE TEUFELSZUNGE SCHLACHTET DIE WIDDER!
WO?
FORT WILMOT, LAS VEGAS, DANN ARIES END.
SEID DABEI!

Will las die Worte erst für sich und anschließend laut.

»AchduliebesGras …«, wisperte Jasmine. »Ist das eine Botschaft an uns? Wie das Pop-up?«

»Ich schätze schon«, erwiderte Will, der immer noch in die

Sonne blinzelte. Plötzlich drehte sich alles in seinem Kopf und seine Beine gaben unter ihm nach.

»Entschuldigung, Leute …«, brachte er noch benommen heraus. »Ich glaube, ich muss mich setzen …«

»Das kommt von der Sonne, Mann«, sagte Linx und stupste ihn leicht mit der Schnauze an. »Geh in den Schatten.«

Will rappelte sich auf die Hufe und gemeinsam bogen sie alle von der Straße ab, taumelten hinter die Plakattafeln und ließen sich auf den Boden plumpsen. Es war eine Erleichterung, nicht mehr dem direkten Sonnenlicht ausgesetzt zu sein.

Linx schnaufte. »Wir müssen uns hier ein paar Minuten ausruhen.«

»Ja. Wir müssen unsere Kräfte einteilen, wenn wir fit für den Kampf sein wollen«, keuchte Sally. »Ich entsinne mich, euch vorhin bereits ermahnt zu haben.«

Allmählich wurde ihre Atmung gleichmäßiger und nacheinander fielen allen die Augen zu.

Sekunden später tauchte Holly Bummbergs Golfwagen auf. Ohne die Reklametafeln auch nur eines Blickes zu würdigen, rauschte sie vorüber und starrte konzentriert auf die Straße, die an dieser Stelle zu hart und steinig war, als dass sich die Hufabdrücke hätten abzeichnen können. Holly war erpicht darauf, die Fährte wieder aufzunehmen. Ihr Handy klingelte. Sie hörte Stanleys hölzerne Stimme. »Hast du die Schafe schon gefunden?«

»So gut wie, Schatz. Und, bist du charmant zu unseren Gästen?«

»So gut wie. Sie werden langsam unruhig. War dir bewusst, wie viele Feigenkakteen wir hier in Arizona haben?«

»Alles wird gut, Schatz«, beruhigte ihn Holly. »Bring sie einfach nur zur Ranch.«

Sie machte ein kurzes Kussgeräusch und beendete das Gespräch, bevor Stanley ihr vorhalten konnte, wie viel er zu tun habe und wie viele Berechnungen er vor dem Tag B noch anstellen müsse. Sollten doch seine Weißkittel ein paar davon erledigen. Dafür bezahlte sie die Leute schließlich.

Stanley warf im Rückspiegel einen Blick auf seine Gäste. Er brannte darauf, sie loszuwerden, aber seine Frau hatte Recht: Er musste sie bei Laune halten.

»Oh, sehen Sie mal!«, rief er. »Da drüben zu Ihrer Rechten. Ein sehr stattliches Exemplar eines … ähm … noch eines Feigenkaktus.«

Todd und Ida hatten mittlerweile Hunderte von Feigenkakteen bewundert. Sie warfen sich einen Blick zu und spähten dann zum wiederholten Male aus dem Heckfenster. Noch immer entdeckten sie keine Spur von einem Laster mit ihren Schafen, wie man es ihnen zugesichert hatte.

»Sobald wir anhalten, suche ich nach einem Telefon und rufe die Polizei an«, flüsterte Todd.

»Abgemacht«, stimmte Ida zu. »Irgendwas ist hier faul.«

Die Kriegerschafe hatten nur ein paar Minuten im Schatten gedöst, doch das genügte bereits, um ihre Lebensgeister wieder zu wecken. Mit Oxo an der Spitze kamen sie hinter den Plakattafeln hervor und traten zurück auf die steinige Straße.

»Vorwärts?«, fragte Oxo, der schon wieder spürte, wie unangenehm heiß die Sonne auf ihn herunterknallte.

»Vorwärts!«, riefen die anderen mit halb geschlossenen Augen, um sich vor dem gleißenden Licht zu schützen.

Sie marschierten also weiter. Die Luft war jetzt so heiß, dass sie beim Atmen in ihren Nasen zu brennen schien. Ihre Kehlen waren ausgetrocknet und nicht einmal Linx gelang es mehr, zu singen.

Nach einer Weile blieben sie neben einem schief in den Boden gerammten Wegweiser stehen, um zu verschnaufen.

»Was steht da, Liebes?«, keuchte Sally.

»Fort Wilmot über Dead Man's Creek …«, las Will schwer atmend vor. »Fort Wilmot! Dort ist die Teufelszunge!«

»Der Creek des Toten Manns, das klingt ja mal einladend«, grummelte Oxo.

»Was, wenn es auch Creek des Toten *Lamms* bedeutet?«, winselte Jasmine.

»Der Weg führt uns zur Teufelszunge und das ist alles, was zählt«, sagte Sally.

Sie marschierten weiter.

»Was ist überhaupt ein Creek?«, erkundigte sich Oxo plötzlich.

Genau das hatte Will ebenfalls beschäftigt. Er glaubte sich zu erinnern, dass ein Creek eine Art Bach war, aber da er bei niemandem Hoffnungen wecken wollte, antwortete er auf die Frage nicht. Stattdessen regte er an: »Sollen wir noch mal eine Pause machen?«

Sallys Flanken bebten angestrengter als je zuvor, sie begann zu taumeln und dann sackte sie auf den Boden. Doch während alle sie ängstlich umringten, trat Linx einen Schritt beiseite. Er reckte den Kopf hoch und lauschte.

»Ähm, vielleicht ist das jetzt nicht gerade der richtige Zeitpunkt, um sich hinzusetzen …«, erklärte er.

Die anderen hoben die Köpfe und da hörten sie es ebenfalls: Ein fernes Geräusch hinter ihnen. Ein Grollen, das rasch zu einem Donnern wurde. Als sie in die Richtung starrten, aus der es kam, sahen sie eine Staubwolke.

»AchduliebesGras …«, quiekte Jasmine, »ist das … ist das … Teufelszunge?«

»Wir sind nicht in der Verfassung, das rauszufinden, Leute«, erwiderte Linx. »Im Zweifelsfall … Flucht!«

Mit Nasenstupsern halfen sie Sally auf die Beine. Durst und Erschöpfung waren vergessen, sie rannten um ihr Leben. Die Schafe galoppierten die Straße entlang und ihre Herzen schlugen heftig vor Angst. Doch die Staubwolke hinter ihnen kam näher, das Röhren wurde lauter und darunter mischte sich ein seltsames blechernes Geschmetter.

Will bog von der Straße ab, die übrigen Schafe hinterdrein.

Doch es half nichts. Das Donnern verfolgte sie, kam näher und wurde lauter. Das Gelände hier war uneben und übersät mit Felsbrocken und ständig stolperten sie in und über stachlige Kakteen. Die Krieger wurden langsamer, ihre Flanken bebten, die Zungen in ihren Mäulern schwollen an. Und dann fielen sie, einer nach dem anderen, auf die Knie und ließen sich auf die Seite rollen. Sie empfanden nicht einmal mehr Panik, so erschöpft waren sie. Mit heraushängenden Zungen saugten sie gierig die glühende Wüstenluft ein und ergaben sich ihrem Schicksal.

Wüstenrallye

Das donnernde Röhren schien jetzt über ihnen zu sein. Will, der seine Augen geschlossen hatte, schlug sie wieder auf. Er hatte plötzlich Musik aus dem allgemeinen Krach herausgehört. Die Art Rockmusik, die Ida auf der Farm in Eppingham manchmal ihren Hühnern vorspielte. Will blinzelte. Das Dröhnen kam von einem Motor. Das blecherne Geschmetter war eine Autohupe.

Was sich da gerade drohend über den Kriegerschafen erhob und die grelle Sonne verdeckte, war keine triumphierende Teufelszunge, sondern ein großes blaues Cabrio mit zurückgeklapptem Verdeck. Zwei Jugendliche reckten ihre Köpfe über die Windschutzscheibe.

»Aries, Aries …«, sangen sie. »Widder, Schafe und Lämmer!«

»Hey, Cameron«, sagte einer der Jungen und schaltete die Musik aus, »das war doch keine so coole Idee.« Er sprang aus dem Auto. »Schau mal, die sind fix und fertig.« Er kniete sich neben Sally. »Wir hätten sie nicht so jagen dürfen.«

»Die werden es überleben«, erwiderte sein Bruder. »Komm schon, Phoenix, lass uns weiterfahren.«

Aber Phoenix blickte stirnrunzelnd zu ihm hoch. »Das sind nicht mal Wüstenschafe. Sieh mal, die sind ganz flauschig und dick.«

»Ich bin *überhaupt gar nicht* dick«, krächzte Jasmine empört und hob leicht den Kopf, doch er sackte gleich wieder auf den Boden.

»Ich möchte mal wissen, wo die herkommen«, fuhr Phoenix fort.

»Ist das so wichtig? Das sind ein paar Schafe. Komm jetzt.« Cameron ließ ungeduldig den Motor aufheulen.

»Nein«, widersprach Phoenix. »Wir können sie in dem Zustand nicht einfach hier zurücklassen.«

»Und was willst du tun? Sie mitnehmen?«

»Coole Idee«, sagte Phoenix. »Hilf mir mal.«

»Bist du bescheuert? Was meinst du, was Mom uns erzählt, wenn wir ihr Prachtstück zum Viehtransporter machen?«

»Das richtet auch nicht mehr Schaden an als dein Fahrstil. Komm schon. Fass mal mit an.«

Cameron tat widerstrebend, worum er gebeten wurde. Gemeinsam hievten die Brüder Sally hoch und auf den Rücksitz des Wagens. Als sie ein paar Sekunden später aus ihrer Ohnmacht erwachte, fand sie sich Stirn an Stirn mit dem lockigen

Linx wieder, der gerade mit Schwung neben ihr auf dem Sitz landete.

»Was geht ab, Mann?«, fragte er schwach.

»Ich glaube, wir haben eine außerkörperliche Erfahrung gemacht, mein Junge ...«, erklärte Sally, bevor ihre Stimme und ihr Geist sich erneut verabschiedeten.

»Ach, und ich dachte, wir waren einfach nur durstig«, sagte Linx.

Dann wurde Jasmine zwischen ihnen abgesetzt. »Überhaupt gar nicht dick ...«, murmelte sie immer noch, »nicht dick ...«

Das Auto senkte sich und schaukelte hin und her, als Phoenix sich mit der Schulter gegen Oxo stemmte, der wieder auf die Beine gekommen war, um ihm ins Auto zu helfen. Oxo klemmte sich neben Linx auf den Rücksitz.

»Und jetzt noch der Letzte«, sagte Phoenix und hob Will mit beiden Armen auf.

»Also, den musst du wohl auf den Schoß nehmen, Bruder. Schließlich fahr immer noch ich«, bestimmte Cameron und schwang sich rasch hinter das Lenkrad.

Will störte es nicht, auf einem Schoß zu sitzen, und es ging ihm besser, jetzt, da sein Herz nicht mehr so wild pochte. Die Zunge in seinem ausgetrockneten Mund fühlte sich allerdings nach wie vor an wie ein Stück Holz. Dennoch hob er den Kopf und blickte durch die Windschutzscheibe. Der Luftzug, der ihm den Pelz zerzauste, als der Wagen ruckartig zurückstieß und wendete, um zur Straße zurückzugelangen, war zwar immer noch heiß, doch angenehm erfrischend. Will setzte sich aufrecht hin, um mehr davon zu erhaschen. Auch die Krieger auf dem Rücksitz rappelten sich auf, um die angenehme Brise zu genießen.

»Haben wir noch Wasser?«, fragte Phoenix.

»Nur Saft«, erwiderte Cameron.

Phoenix holte einige Plastikflaschen aus der Kühlbox zu seinen Füßen und hielt Will eine vor die Schnauze. Die Flasche hatte einen Trinkaufsatz und nach einigen Fehlschlägen gelang es Will, etwas Flüssigkeit aus der Flasche zu saugen. Cameron brachte den Wagen zum Stehen und die beiden Jungen wandten sich nach hinten, um auch den übrigen Schafen zu trinken zu geben. Sie saugten gierig an den Flaschen, hatten schließlich den Dreh raus und verschafften ihren ausgedörrten Zungen und Kehlen Erleichterung.

Jasmine ließ ihre leere Flasche fallen und starrte fasziniert auf Camerons Sonnenbrille. Wenn die nicht cool war! Viel cooler als die blöden Knöpfe, die Oxo und Sally im Ohr trugen. Sie klimperte mit den Augenlidern und warf ihren hübschen Kopf zurück.

Cameron grinste, drehte sich wieder nach vorne um und steuerte den Wagen Richtung Westen. »Aries, Aries … Widder, Schafe und Lämmer!«, sang er. »Ich sag dir was, Phoenix, das sind die perfekten Maskottchen!«

Sally, die nicht viel von der Menschensprache verstand, erstarrte auf dem Rücksitz. »Äh, Will, mein Lieber«, begann sie mit ängstlichem Ton und beugte sich vor, »was genau sind Maskottchen?«

Will konnte sich nicht erinnern, aber er glaubte nicht, dass man daraus Koteletts machte und sie briet. Also entspannte er sich, ließ die Ohren im Fahrtwind flattern und leckte sich mit der Zunge die letzten Safttropfen von den Lippen, die jetzt nicht mehr ausgetrocknet waren.

Cameron fand Straßen langweilig und holperte deshalb immer wieder mit dem Wagen durch die steinige Wüstenlandschaft, wo er erst in letzter Sekunde das Lenkrad herumriss, um Felsblöcken und Kakteen auszuweichen. Die Krieger, selbst Sally, genossen jede Minute der wilden Fahrt. Und als Cameron sich dann noch umdrehte und Jasmine seine Sonnenbrille auf die Schnauze setzte, fühlte sie sich wie im Schafhimmel.

»Krasse Fahrt, was?!«, schrie Linx.

»Großartig!«, rief Will zurück.

Der Wagen raste dahin. Die Menschen sangen und die Schafe blökten und die Sonne brannte vom blauen Himmel über ihnen herab. Sie begegneten keinem anderen Fahrzeug, bis Cameron das Cabrio ein letztes Mal zurück auf die Straße lenkte.

»Winkt mal, Leute!«, schrie er und drehte die Musik noch lauter. »Da kommt uns irgendein Heini entgegen!«

Holly Bummberg konnte nicht genau sagen, wo sie die Hufspuren zuletzt gesehen hatte. Sie vermutete, dass es vor den Reklametafeln gewesen war. Aber die lagen schon weit hinter ihr, als ihr das klar wurde und sie kehrtmachte. Jetzt war sie wütend auf sich selbst und fuhr schnell, den Blick auf die staubige Straße gerichtet.

Plötzlich tauchte ein blauer Wagen aus der Wüste auf, holperte auf die Straße und raste ihr entgegen, wobei er bedenklich von einer Seite zur anderen schlingerte. Sie drosselte das Tempo und das blaue Cabrio schoss an ihr vorüber. Die Musik dröhnte und die Wageninsassen sangen. Sangen und *blökten*!

Holly stieg in die Bremsen, hielt am Straßenrand und drehte sich auf ihrem Sitz um. Nein, sie hatte es sich nicht eingebildet. Die Schafe, *ihre* Schafe saßen auf dem Rücksitz. Und eines von ihnen trug eine Sonnenbrille. Sie schluckte heftig, holte tief Luft, wendete den Golfwagen und nahm die Verfolgung auf.

Keines der Kriegerschafe hatte den Fahrer des Golfwagens erkannt oder bemerkt, dass er gewendet hatte und ihnen nachfuhr. Cameron aber sah es und er boxte in die Luft. »Ji-haa! Der Spacko ist auf ein Wettrennen aus!«, brüllte er.

Er riss erneut das Steuer herum und preschte querfeldein durch die Wüste.

»Ach du heiliger Schafskötel! Was hast du denn jetzt vor?«,

rief Phoenix aus und klammerte sich an die Kante seines Sitzes.

»Macht euch bereit für ein bisschen Rock 'n' Roll!«, schrie Cameron. »Dead Man's Creek, wir kommen!«

Der Creek verlief parallel zur Straße und Will hatte Recht gehabt: Es handelte sich um eine Art Bach. Allerdings war er vollkommen ausgetrocknet. Seit Monaten hatte das Bachbett keinen Tropfen Wasser gesehen.

Holly jagte so schnell wie möglich auf der Straße entlang, aber ihr Golfwagen konnte mit dem Tempo des Cabrios nicht mithalten. Sie musste zusehen, wie der blaue Wagen die steilen Böschungen des ausgetrockneten Flussbetts hinunter- und wieder hinaufraste. Es war, als würde man von oben auf eine endlose Achterbahn blicken. Bald entschwand das Cabrio aus ihrem Sichtfeld und sie folgte nur noch der Staubwolke, die es aufwirbelte.

»Idiot!«, stieß Holly aus, als ob der Fahrer sie hören könnte. »Bring dich meinetwegen um, aber nicht Stanleys Schafe!«

In dem Cabrio hielt Phoenix Will fest umklammert, damit das Lamm nicht aus dem Fahrzeug geschleudert wurde.

»Bist du wahnsinnig?!«, schrie er seinen Bruder an. »Wegen dir überschlagen wir uns noch!«

Cameron lachte bloß, riss am Fuß der Böschung das Steuer herum und heizte mit dem Wagen wieder den steilen Hang hinauf.

»Ji-haa!«, johlte er, als er oben erneut wendete.

»Halt an!«, brüllte Phoenix.

Aber Cameron konnte nicht mehr halten. Das Prachtstück seiner Mutter war am Ende. Die Bremsen und die Lenkung gaben gleichzeitig den Geist auf. Der Wagen geriet außer Kontrolle und stürzte die Böschung hinunter.

»AchduliebesGras ... achmeineSonnenbrille ...«, kreischte Jasmine, während die Sonnenbrille vor ihr durch die Luft segelte.

Das Auto krachte, sich mehrmals überschlagend, den Abhang hinab, bis es schließlich unten in dem ausgetrockneten Bachbett auf den Rädern aufschlug.

Lange Sekunden herrschte Stille.

»Mom wird so sauer auf mich sein ...«, war alles, was Cameron hervorbrachte, als er zu zittern aufgehört hatte.

»Ich schätze mal, dass sie eher ein Auto abschreibt als ihre beiden bescheuerten Söhne«, entgegnete Phoenix.

Er ließ Will los und das Lamm sprang aus dem Wagen. Dann drehte sich Phoenix nach den anderen auf dem Rücksitz um. »Zum Glück waren sie dahinten so eng zusammengepfercht.«

Linx wand sich gerade heraus und kletterte seitlich aus dem Fahrzeug. Oxo tat es ihm nach, dann folgten Sally und Jasmine.

»Nun, das war, ähm, sehr nett«, erklärte Sally und schüttelte sich, »aber ich denke, es ist an der Zeit, dass wir weiterkommen.«

»Vorwärts und … aufwärts?«, erkundigte sich Oxo und blickte die steilen Böschungen zu beiden Seiten des Bachbetts hinauf. Dann machte er sich auf die Suche nach einem Weg, um aus der Schlucht zu klettern.

Die übrigen Krieger taten dasselbe, aber schon nach wenigen Schritten blieb Sally stehen. Ihr Ohr zwickte, denn der silberne Knopf summte plötzlich. Die anderen hielten inne und blickten sie fragend an.

»Höchst unangenehm …«, erklärte sie. »So als ob eine Fliege in meinem Kopf herumschwirren würde …«

Jetzt hörten alle das Summen, auch Cameron und Phoenix, die noch immer angeschnallt im Auto saßen. Unvermittelt wurde es von einem durchdringenden Piepton abgelöst.

Doch niemand kümmerte sich noch darum. Sämtliche Schafe und Menschen starrten an Sally vorbei auf die Wand aus Wasser, die sich rasend schnell auf sie zubewegte.

Das Wasser bis zum Hals

Es war eine Sturzflut, die blitzartig über sie hereinbrach. Zwei Tage zuvor hatte es in den fernen Bergen ein gewaltiges Unwetter gegeben und das Regenwasser erreichte nun den ausgetrockneten Creek. Die Wassermassen hatten es eilig und es gab kein Entrinnen. Auf ihrer überstürzten Reise hatten sie schon allerlei Gestrüpp und abgestorbene Kakteen mitgeschwemmt und jetzt rissen sie auch die Schafe und das Cabrio mit sich. Wildwasserrafting wäre ja vielleicht ganz lustig gewesen, hätte nicht das Schlauchboot gefehlt. Es gab nur den wirbelnden, schlammigen, reißenden Strom und die Aussicht darauf, von der Strömung in die Tiefe gezogen zu werden und zu ertrinken oder gegen die Felsen geschleudert und zerquetscht zu werden. Oder beides.

Irgendwann blieb das Auto mit den Rädern nach oben zwischen der steilen Böschung und einem gewaltigen Felsen hängen. Die Kriegerschafe wurden gegen den Wagen gewirbelt und der reißende Strom rauschte ohne sie weiter. Von Cameron und Phoenix fehlte jede Spur.

»Sie sitzen da unten fest«, schrie Will.

Die Schafe konnten hören, wie die Jungen hustend und würgend versuchten, sich zu befreien.

»Wir müssen das Auto anheben«, forderte Will, »sonst ertrinken sie! Schnell!«

»Mann, ich hasse Schafbäder«, murrte Linx, aber er atmete aus und ließ sich unter Wasser sinken.

Kurz darauf waren alle fünf untergetaucht. Schulter an Schulter suchten sie in dem tosenden, trüben Wasser mit den Hufen auf den rutschigen Steinen Halt. Sie senkten ihre Köpfe und stemmten diese gegen die Seite des umgedrehten Autos. Und noch einmal. Ein leises Knirschen war zu hören. Erneut drückten sie mit aller Kraft gegen das Auto. Da stolperten sie auf den Hufen vorwärts und schlagartig atmeten sie wieder frische Luft ein.

Der blaue Wagen ragte auf der Seite liegend über ihnen in die Höhe, drehte sich dann und glitt durch den schmalen Spalt, in dem er sich verkeilt hatte. Kreiselnd wurde er von dem Strom davongetrieben.

Aus ihrem tödlichen metallenen Gefängnis befreit, kraxelten Phoenix und Cameron zitternd und verstört die Böschung hinauf in Sicherheit.

Die Krieger schüttelten sich und folgten den Jungen vorsichtig über die Felsbrocken und das lose Geröll. Oben angelangt, drängten sie sich dicht um Cameron und Phoenix, die sich auf den Boden fallen ließen.

»Gut gemacht, Schafe …«, murmelte Cameron und hob schwach seine Hand zu einem High Five. »Aries, Aries … Widder, Schafe und Lämmer …«

Völlig erschöpft schloss er die Augen, doch er glaubte noch zu sehen, wie die fünf Schafe sich einander zuwandten, die Vorderhufe erhoben und klappernd gegeneinanderschlugen.

Die Nacht brach allmählich herein und an zwei verschiedenen Orten in der Wüste wurden in zwei Fahrzeugen die Scheinwerfer eingeschaltet.

Das eine Scheinwerferpaar strahlte so selbstsicher wie die Fahrerin, die in dem Golfwagen den Schalter betätigt hatte. Doch selbst als sie im Lichtkegel vor dem Auto in die Hocke ging, entdeckte Holly Bummberg keine Hufspuren mehr. Wie typisch für Mutter Natur, wie hochgradig inkompetent, ausgerechnet jetzt eine Sturzflut zu schicken!

Lebten die Schafe noch? Waren sie alle ertrunken? Hatten sie die Schlucht zu derselben Seite wieder verlassen, auf der sie vorhin mit dem Wagen hinuntergefahren waren? Das hatten sie tatsächlich. Aber zuvor waren sie von den Wassermassen sehr weit flussabwärts getragen worden. Holly konnte sie nicht sehen. Und es gab keine Spuren und nichts, was sie tun könnte. Aber Nichtstun war Holly Bummbergs Wesen fremd. Sie stieg wieder in den Golfwagen und fuhr stromabwärts.

Die Scheinwerfer des zweiten Fahrzeuges strahlten ebenso hell, die Stimmung auf dem Rücksitz von Professor Bummbergs Limousine war allerdings sehr düster. Ja, die Haltung seiner Gäste hatte von höflich über höflich-argwöhnisch zu extrem argwöhnisch gewechselt.

»Hören Sie«, sagte die alte Dame und tippte ihm auf die Schulter, »Herr, ähm … Rhabarber, würden Sie bitte anhalten?«

»Nein«, entgegnete Stanley. »Hier noch nicht.«

»Dann bei der nächsten Raststätte«, sagte der Junge. »Einer mit einem Laden und einer Cafeteria.«

Er verkniff sich den Zusatz »und mit einem Telefon«, doch der Professor erriet, dass er das meinte. Stanley presste die Zähne aufeinander und fuhr schweigend weiter.

»Halte Ausschau nach Wegweisern«, wisperte Ida. »Damit wir der Polizei sagen können, wo wir sind.«

Sie spähten aufmerksam nach draußen, während der Wagen dahinbrauste, aber nirgends standen Wegweiser. Sie hätten sich nie träumen lassen, dass eine Landschaft so weit und so leer sein konnte. Nach einer Weile stieß Ida mit ihrem knochigen Knie leicht gegen Todds Bein.

»Sein Handy liegt auf dem Beifahrersitz«, flüsterte sie. »Sieh mal zu, dass du ihn ablenkst, und ich versuche es zu stibitzen und die Polizei anzurufen.«

Todd nickte stumm, dann beugte er sich vor und tippte Stanley auf die Schulter.

»Entschuldigen Sie, aber Sie *müssen* kurz anhalten«, erklärte er. »Ich muss mal.«

Der Professor drosselte das Tempo. »Kannst du nicht warten?«

»Nein. Ich muss wirklich dringend.«

Der Professor seufzte und hielt am Straßenrand. »Na schön, dann geh mal.«

Todd kämpfte mit der Tür und tat so, als könnte er sie nicht öffnen.

»Bitte helfen Sie mir«, bat er den Professor. »Ich muss jetzt wirklich *ganz* dringend.«

Stanley stieg aus, eilte zur hinteren Tür und zog sie auf. Todd sprang aus dem Wagen. Der Professor warf einen gereizten Blick auf seinen Computer am Handgelenk.

»Einhundertachtundsiebzigtausendsiebenhundertzehn Sekunden und der Countdown läuft weiter …«, murmelte der Professor vor sich hin. »Es gibt noch so viel zu tun …« Da fiel sein Blick auf die alte Dame, die gerade eine Nummer in sein Mobiltelefon tippte.

»Hey!«, rief er, hechtete ins Auto und entriss ihr das Handy. Wütend drehte er sich zu Todd um. »Steig wieder ein!«, befahl er.

»Was geht hier vor sich?«, verlangte Ida zu wissen, als Todd zu ihr zurückrannte. Mittlerweile war sie aus dem Auto gekrabbelt. »Wie lautet Ihr *richtiger* Name? Wo sind unsere Schafe? Wo findet die Tagung statt?«

»Und wo bringen Sie uns hin?«, fügte Todd hinzu.

»Ich habe ehrlich keine Ahnung, wo die Schafe sind«, erwiderte der Professor gehässig. »Es findet keine Tagung statt. Und ich bringe euch zur Ranch *Am Ende der Welt*. Damit ihr bis zum Tag B aus dem Verkehr gezogen seid.«

Todd und Ida starrten ihn mit offenen Mündern an.

»Zumindest *hatte* ich *vor*, euch da hinzufahren.« Stanley schwang sich hinter das Lenkrad und knallte die Tür zu. »Aber ich habe die Nase voll. Ihr könnt zu Fuß weitergehen.« Er deutete in die Wüste, über der sich die Nacht senkte. »Da geht's lang!«

Das Seitenfenster glitt lautlos nach oben. Todd und Ida, noch immer sprachlos, mussten zusehen, wie die schnittige schwarze Limousine in der heraufziehenden Dämmerung verschwand. Das Geräusch des Motors verhallte in der Ferne.

»Glaubst du, er kommt zurück?«, fragte Todd.

»Nein«, erklärte Ida bestimmt.

Todd ließ den Blick über die Wüste schweifen, die sich ringsherum in alle Richtungen ausdehnte.

»Also dann sehen wir mal besser zu, dass wir diese Ranch *Am Ende der Welt* finden, bevor es völlig dunkel ist«, sagte er.

»Falls sie überhaupt existiert«, grummelte Ida und wühlte in ihrer Tasche auf der Suche nach ihrer guten alten Stirnlampe.

Die Ranch *Am Ende der Welt* existierte tatsächlich. Sie erreichten sie eine halbe Stunde später. Der verblasste Namenszug war auf einen Felsbrocken am Straßenrand gekritzelt und gerade so im Lichtkegel von Idas Stirnlampe zu erahnen. Hinter dem Felsbrocken stand ein kaputter Holzzaun, der schon lange niemanden mehr ernsthaft davon abhielt, das sonnenversengte, unkrautbedeckte Stück Land zu betreten. In der Mitte des kargen Grundstücks befand sich die Ranch. Das Gebäude hatte vier Steinmauern, aber kein Dach. In den Fenstern hingen verschlissene Vorhänge, doch die Scheiben fehlten. Auf einem Zettel, der an die Haustür genagelt war, stand: WIR SIND WEG.

Todd stieß die Tür auf und spähte ins Innere. Eine Kakerlake krabbelte eilig über den schmutzigen Boden.

Dann herrschte Stille.

»Wenigstens haben wir eine Art Unterschlupf«, sagte Todd. »Unglaublich, wie kalt es hier wird, sobald die Sonne untergegangen ist.«

Er schleifte eine alte Bank von draußen in das Gebäude und schob sie an die Wand. »Setz dich hierher, Oma. Ich sehe mal nach, ob ich irgendwas Nützliches finde, wie ein Telefon zum Beispiel.«

Ein Telefon gab es nicht, doch im Hof entdeckte er einen Brunnen, der mit einer Holzplanke abgedeckt war und neben dem ein rostiger Eimer stand.

»Trink das, Oma.« Todd kehrte mit einem ebenso rostigen

Becher voll Wasser zurück und reichte ihn Ida. »Den Teebeutel musst du dir dazudenken.«

Ida trank. »Das Beste, was ich je getrunken habe«, verkündete sie. »Und sieh mal, was ich für unser Abendessen gefunden habe.«

In einer Ecke des Raums lagerten jede Menge Einkaufstüten, gefüllt mit allerlei Dosennahrung: Lachs, gebackene Bohnen, Suppe.

»Wie es aussieht, hat Rhabarber die Wahrheit gesagt«, bemerkte Ida. »Er hatte *tatsächlich* vor, uns hierherzubringen.«

»Aber warum wollen sie uns aus dem Weg schaffen?«, rätselte Todd kopfschüttelnd. Ein Gefühl kalter Angst breitete sich in seiner Magengrube aus, als er an ihre Schafherde dachte. »Und was, glaubst du, haben sie mit unseren Schafen gemacht, Oma?«

Ida bemühte sich zuversichtlicher zu klingen, als ihr zu Mute war: »Ich habe genauso wenig Ahnung wie du. Aber ich bin überzeugt, dass es ihnen gut geht.«

Sie fröstelte und zog ihre dünne Strickjacke fest um die Schultern. Todd begann sogleich, alle trockenen Zweige zusammenzusuchen, die er finden konnte.

»Hast du Streichhölzer?«, fragte er.

Ida stocherte tastend in ihrer Handtasche herum, in der wie in einem schwarzen Loch unerschöpflich viele Dinge Platz zu finden schienen. Sie zog eine Zündholzschachtel hervor, in der noch ein einziges unbenutztes und dreißig abgebrannte

Hölzchen lagen. Todd hob kurz mit gedrückten Daumen die Hände, um sich Glück zu wünschen, entzündete dann das Streichholz und hielt es an den kleinen Haufen mit Zweigen.

»Puh …«, entfuhr ihm erleichtert, als die Stöckchen Feuer fingen.

In einer der Tüten steckte eine Zeitung. Todd reichte sie Ida. »Hier, Oma, lies die, während ich nach mehr Holz suche.«

Als er mit einem Armvoll kaputter Zaunpfähle und Äste zurückkehrte, war Ida in die Zeitung vertieft.

»Die ist von dieser Woche«, erklärte sie. »Allerdings liefert sie keine wahnsinnig nützlichen Informationen. Es geht fast nur um Football. Anscheinend kämpfen gerade zwei Teams aus der Gegend hier um die Führung in der Liga. Die eine Mannschaft kommt aus Aries End. Lustig was? Aries bedeutet ja Widder. Jetzt rate mal, wie ihr Spitzname lautet?«

Todd zuckte mit den Schultern. »Keine Ahnung.«

»Sie werden natürlich ›die Widder‹ genannt«, erklärte Ida. »Das andere Team, ›die Präriehunde‹, kommt aus einem Ort namens Fort Wilmot.« Sie grinste. »Und kannst du dir vorstellen, welchen Spitznamen *die* haben?«

Todd schüttelte den Kopf. »Nee.«

»Ich finde ihn lustig«, sagte Ida. »Sie nennen sich ›Teufelszunge‹.«

Die Krieger vertraten einhellig die Meinung: Wüsten waren Bockmist.

»Erst werden wir gegrillt, dann gebadet und jetzt gefroren«, beschwerte sich Jasmine und zählte es an ihren Hufen ab. »Das sind drei Gs an einem Tag, Sally, und nur von dem Ersten war in der Prophezeiung die Rede.« Sie knabberte verdrießlich an ihrem vormals schönen Pelz. »Seht euch bloß meine Fellspitzen an! Ich fühle mich wie ein modriger Heuhaufen. Und du …«, sagte sie zu Oxo und versuchte ihn wegzuscheuchen, als er sich neben ihr niederlassen wollte, »du stinkst wie einer!«

Zu ihrer anderen Seite saß Linx und stupste sie in die Flanke.

»Korrekt, nach ’nem Bad im Fluss
Lässt unser Gestank andre erbleichen,
Denn wir tragen Wolle,

Dafür müssen wir nich' zitternd der Kälte weichen.
Also was willst du, ein Schaf sein
Oder 'n nackter Mensch ohne Fell?
Die frieren nämlich richtig, Mann,
Denen fährt die Kälte durchs Gestell!«

Er nickte in Richtung Cameron und Phoenix. Ihre Hemden und Jeans waren noch immer feucht und so hatten sich die Jungen eng an die Schafe gekuschelt, sobald die Sonne untergegangen und die Temperatur abgesackt war. Zu guter Letzt hatten die Schafe einen vollständigen Kreis um die beiden gebildet, wie ein warmes, wollenes Nest. Und darin schliefen die Jungen nun tief und fest.

»Wie Lämmer«, konstatierte Sally liebevoll. »Seltsam, dass *sie* nicht in der Prophezeiung erwähnt werden.«

»Die Prophezeiung hat eine Menge Dinge ausgelassen, was?«, mischte sich Linx ein. »Genau wie Jasmine gesagt hat. Verhungern könnte man der Liste noch hinzufügen, allerdings fängt das nicht mit einem G an.«

»Und Fort Wilmot und Las Vegas und Aries End ...«, ergänzte Will.

»Der Grund, warum Aries End nicht in der Prophezeiung vorkommt, Liebes, ist, dass unser Urvater Aries, der Große Widder, *nie* ein Ende haben wird!«, erklärte Sally. Sie kuschelte sich noch ein bisschen dichter an ihre menschlichen Lämmer und schlief ein.

Professor Bummberg hatte es in seinem Wagen ebenfalls warm und bequem, doch für eine Pause blieb ihm keine Zeit. Er befand sich auf dem Rückweg zum Stützpunkt. Seine Frau rief er nicht an. Sie konnte die Schafe allein einfangen. Er hatte keinen Zweifel, dass ihr das gelingen würde, und alles andere musste dann vorbereit sein. Wieder einmal warf er einen Blick auf seinen Minicomputer.

»Einhundertsiebzigtausend Sekunden und der Countdown läuft weiter …«, murmelte er.

Seine Zähne glänzten weiß in der Dunkelheit, als der Professor lächelte. Die Zeit war knapp, aber sie würden es schaffen. Der Tag B würde stattfinden!

»Ich werde es allen zeigen«, sagte er halblaut. »In einhundertsiebzigtausend Sekunden erklärt mich niemand mehr für verrückt!«

Holly Bummberg war es nicht annähernd so warm: Ein offener Golfwagen ist nicht dazu gedacht, die Nacht darin zu verbringen, und so war sie froh über die leichte Decke, die sie immer in ihrer Aktentasche mit sich führte. Sie stopfte sie fest um die Schultern und machte es sich so bequem wie möglich. Den Wagen hatte sie neben dem Dead Man's Creek geparkt, in dem noch immer die Wassermassen dahinbrausten. Bei Tagesanbruch wollte sie weiter nach Spuren suchen. Aufgeben kam nicht in Frage. Alles hing von ihr ab. Und von den Schafen.

Cameron und Phoenix waren schon vor Sonnenaufgang auf den Beinen.

»Mom ist bestimmt krank vor Sorge«, sagte Phoenix. »Bist du sicher, dass dein Handy nicht funktioniert?«

»Ich hab's dir doch gesagt, Mann. Mausetot«, erwiderte Cameron und warf Phoenix sein durchnässtes Handy zu.

Phoenix drückte ein paar Sekunden lang auf den Tasten herum und schleuderte es dann auf den Boden. »Also, was machen wir jetzt?«

»Wir gehen zu Fuß«, erklärte Cameron. Seine Zuversicht war zurück. »Bis zum Highway kann es nicht allzu weit sein.«

»Was?«, fragte Phoenix ungläubig. »Zu Fuß? Ohne Wasser und ohne Telefon? Du bist verrückt.«

»So, und was schlägst *du* vor? Hier herumzusitzen und auf den Tod zu warten?« Cameron wandte sich ab und marschierte energisch los. »Gehen wir. Wir müssen ordentlich Strecke machen, bevor die Sonne zu hoch steht.«

»Was ist mit den Schafen?«, rief Phoenix, während er seinem Bruder nachrannte.

»Die können gern mitkommen, wenn sie wollen«, knurrte Cameron. »Ein paar Maskottchen als Glücksbringer können wir jetzt gut gebrauchen.«

»Was, sagtest du gleich wieder, sind Maskottchen, Liebes?«, erkundigte sich Sally, als die Jungen davoneilten.

»Ich weiß nicht genau, aber ich glaube, sie sorgen dafür, dass man Glück hat«, antwortete Will.

»Also haben wir Glück, wenn wir bei den Jungs bleiben?«, fragte Oxo. »Und wir finden den Weg nach Fort Wilmot?«

»Ich glaube, sie glauben, dass wir *ihnen* Glück bringen«, stellte Will richtig. Aber die übrigen Krieger hörten gar nicht zu. Sie waren bereits allesamt an ihm vorbeigehastet, um den glücksbringenden Menschen auf den Fersen zu bleiben.

Eine lange Zeit liefen sie hinter ihnen her. Über zwei Stunden.

»Also, wo ist jetzt der Highway, Cameron?«, wollte Phoenix wissen. Seine Laune wurde zunehmend schlechter. Die glühenden Farben der Wüste, die Rot-, Gelb- und Brauntöne, verschwammen mehr und mehr vor seinen Augen. Er hatte das Gefühl, er selbst würde sich in der gnadenlosen Sonne auflösen. Cameron hatte nicht genug Kraft, um zu antworten, und sein Mund war ohnehin zu trocken zum Sprechen.

Phoenix deutete mit zitternder Hand nach vorne. »An dem Kaktus sind wir schon mal vorbeigekommen!«

Hier wuchsen Millionen von Kakteen. Und sie sahen alle gleich aus. Die Kriegerschafe trotteten noch immer hoffnungsvoll hinter den beiden Jungen her.

»Dieses Glücksding braucht ganz schön lange, bis es zu wirken anfängt …«, grummelte Oxo.

»Seht mal!«, krächzte Sally plötzlich aufgeregt. »Da! Wasser! Ein Teich! Da, genau vor uns! Genau vor uns …« Sie verfiel taumelnd in einen Galopp. »Ich kann einen Teich sehen!«

Der Teich wich unablässig vor ihr zurück. Er schimmerte

und glitzerte im Sonnenlicht, aber sie konnte ihn nie erreichen.

»Komm zurück, Sally!«, schrie Will und zwang sich, ebenfalls zu rennen, um sie einzuholen. »Da ist kein Teich.«

»Aber ich habe ihn gesehen, Liebes«, schluchzte Sally. »Ehrlich, das hab ich ...«

»Er existiert nicht wirklich«, erklärte ihr Will. »Das ist eine optische Täuschung. Ich glaube, das nennt man Fata Morgana.«

»Tatsächlich?«, sagte Sally abwesend. »Entschuldigt, es tut mir schrecklich leid ...«

Sie verstand nicht, was Will ihr da erzählte, aber es gab keinen Teich mit kristallklarem Wasser.

Die übrigen Schafe scharten sich um sie.

»Hey, Mann«, rief Linx aus. »Sag mir bitte, dass das da *auch* ein Fata-Morgana-Dingsda ist.«

Alle folgten mit den Augen seinem Blick und sahen ganz in der Nähe ein Skelett im Sand liegen, dessen Knochen die Sonne ausgebleicht hatte.

Will schüttelte den Kopf: »Ähm, nein. Keine Fata Morgana.«

»Knochen«, ächzte Oxo. »Von der Größe eines Schafes.«

»AchduliebesGras ...«, wimmerte Jasmine. »Die Teufelszunge war hier ...«

Die Krieger blickten sich beunruhigt um, doch die einzigen lebendigen Wesen außer ihnen selbst waren augenscheinlich Cameron und Phoenix.

Und dann, als man eigentlich meinen sollte, die Lage der Schafe könnte nicht mehr schlimmer werden, geschah es doch.

Zunächst empfanden sie die leichte Brise als erfrischend. Heiß, aber wohltuend. Es waren kleine Böen, die ihnen ins Gesicht bliesen und das Fell zerzausten. Die Böen nahmen jedoch rasch an Stärke zu und die Pausen zwischen den einzelnen Windstößen wurden kürzer. Bald schon entwurzelten sie Büschel stacheligen Unkrauts und wirbelten sie über den Boden.

Die Sonne verschwand und die Schafe spürten einen heißen Atem, der ihnen über das Fell strich.

»Neeeeeein ...«, heulte Jasmine auf. »Erkommterkommterkommt!«

Der Atem wurde heftiger. Die Schafe drängten sich eng aneinander. Aus halb geschlossenen Augen konnten sie gerade noch Cameron und Phoenix erkennen, die sich taumelnd gegen den jäh aufbrausenden Wind stemmten.

»Der Wind!«, schrie Sally. »Wir sind da, wo die heißesten Winde wehen! Die Prophezeiung hat sich erfüllt!«

»Gut zu wissen, Mann ... echt, gut zu wissen ...«, murmelte Linx.

Der heiße Atem wurde zu einem heulenden, glühenden Sturm. Der aufgewirbelte Sand verstopfte ihnen blitzartig die Augen, Nasen und Münder.

Die Menschen und die gesamte Welt um die Schafe verschwanden in einem sandigen, stechenden Nebel. Die Krieger hatten keine Wahl: Dicht aneinandergedrängt wandten sie ihre Hinterteile dem Sturm zu und kauerten sich so flach wie möglich auf den Boden.

Nach einer Weile ließ der Sturm nach. Aus dem Wind wurde wieder eine Brise und schließlich verebbte auch die. Fünf Hügel in der verwehten Sandlandschaft begannen sich zu bewegen. Fünf gelbe Augenpaare spähten hinaus auf die Steppenläufer, die in dem nachlassenden Wind vorüberrollten. Oxo stürzte sich aus seinem Sandhügel und schnappte hungrig nach einer dieser Buschkugeln.

»Das lohnt sich nicht, Alter«, drang Linx' Stimme aus einem benachbarten Hügel. »Das ist nichts weiter als pflanzlicher Stacheldraht.«

»Na und, was gibt es daran auszusetzen?«, fragte Oxo, der eine gewisse Schwäche für Stacheldraht hatte, solange er knusprig und rostig war.

Doch die Buschkugel erwies sich als ebenso zäh, trocken und fade wie alles andere, was er in der Wüste schon probiert hatte. Er kaute stattdessen ein wenig an seiner eigenen Wolle und gab der Teufelszunge an allem die Schuld, woraufhin er sich gleich besser fühlte.

Als sie begriffen, dass der Sturm sich tatsächlich gelegt hatte, schüttelten die übrigen Schafe sich ebenfalls den Sand aus dem Fell. Nacheinander standen sie hustend und niesend auf. Und schon kam auch die Sonne wieder zum Vorschein und brannte erneut erbarmungslos vom blauen Himmel auf sie herab. Die Stille legte sich so schwer auf die Krieger wie die Sandschicht auf ihren Pelz. Zu erschöpft, um zu sprechen, trotteten sie prustend und röchelnd weiter. Sie hatten gerade einmal zwanzig Schritte westwärts zurückgelegt, als sie hinter sich einen kraftlosen Schrei vernahmen.

»Hey, Leute, wartet auf uns …«

Die Schafe wandten sich um und erst da fiel ihnen auf, dass sie die Menschen völlig vergessen hatten. Phoenix und Cameron kamen mühsam auf die Beine und wischten sich keuchend den Sand aus den Gesichtern. Sie taumelten bei dem Versuch, den Schafen zu folgen. Nach wenigen unsicheren Schritten sank Cameron wieder zu Boden, rollte sich auf den Rücken und starrte in den Himmel. Phoenix kniete sich neben ihn, auch ihm war schwindelig.

»Es tut mir leid, Phoenix …« Camerons Stimme war nur noch ein Flüstern. »Wir werden sterben, und das ist allein meine Schuld …«

Phoenix schaute sich wild und hilflos um. Er wusste, Cameron hatte Recht. Sie brauchten Wasser, und zwar schnell. Sie brauchten ein Wunder.

Die Schafe trotteten zu den beiden zurück und umringten sie blinzelnd. Sie alle fühlten sich benommen und schwach. Dunkle Schatten kreisten auf dem Sand, wovon Jasmine noch schwindeliger wurde.

»AchduliebesGras …«, winselte sie. »Was ist das?« Als die

Krieger mit zusammengekniffenen Augen nach oben blickten, entdeckten sie zwei große Vögel mit schwarzen Federn, kahlen Köpfen und gebogenen Schnäbeln, die durch die Lüfte glitten.

»Aasgeier«, stieß Will mit heiserer Stimme hervor. »Sie warten.«

»Worauf?«, erkundigte sich Oxo.

»Darauf, dass wir sterben«, antwortete Will.

Sallys Ohr

Will wusste aus den Cowboyfilmen, die er mit Todd angeschaut hatte, dass Aasgeier sich von toten Tieren ernährten. Das war kein schöner Gedanke. Er spähte nach oben. Die Vögel waren immer noch da, kreisten aufmerksam.

Plötzlich schwankte Sally und torkelte zur Seite.

»Was ist denn jetzt los?«, rief Oxo mit krächzender Stimme. »Hast du wieder eine Fata Morgana gesehen?«

»Mein Ohr«, sagte Sally und taumelte weiter seitwärts. »Es summt wieder.«

»AchduliebesGras …«, japste Jasmine und starrte Sally an.

Sallys Ohr stand waagrecht von ihrem Kopf ab und zog sie mit sich. Sie stolperte und fiel mit lang gestrecktem Hals hin.

»Sally! Sally, steh auf!«, schrie Jasmine. »Die Geier halten dich sonst für tot und reißen dich in Stücke und dann bist du tot und du bist gar nicht tot, also stehaufstehaufstehauf!«

Das Summen wurde lauter. Will wurde blitzartig klar, was

das Geräusch bedeuten könnte. Er dachte zurück an die Flut. »Grabt!«, schrie er. »Los, grabt!«

»Wozu?«, wollte Oxo wissen.

»Tut es einfach«, drängte Will. »Hier, neben Sallys Kopf.«

Er fing an, auf dem knochenharten Boden herumzuscharren. Alle halfen mit und nach und nach wurde die staubtrockene Erde unter ihren Hufen schwerer und steiniger. Oxo steckte den Kopf in das Loch, das sie geschaffen hatten, und als er ihn wieder zurückzog, war seine Nase nass.

»Wasser!«, hustete er. »Da unten ist Wasser!«

Sie buddelten weiter, immer schneller, und kleine Wasserpfützen bildeten allmählich eine große Pfütze. Und Sallys Ohr hörte endlich auf zu vibrieren.

Die Schafe beugten sich abwechselnd über die Lache, um etwas von dem kühlen, sauberen Wasser zu trinken.

»Jetzt die Menschen«, forderte Will.

Phoenix hatte sie beobachtet und versuchte etwas zu sagen.

»Cam… Cameron …«, brachte er mit kratziger Stimme hervor. »Sie haben Wasser gefunden …«

Noch immer auf den Knien zerrte Phoenix an seinem Bruder, um ihn zu der Wasserstelle zu schleifen. Die Krieger kamen dazu und halfen, so gut sie konnten, mit behutsamen Kopfstößen und Stupsern.

Phoenix schöpfte Wasser aus dem Loch und spritzte es Cameron ins Gesicht. Er wuchtete seinen Bruder in eine sitzende Position und ließ Wasser zwischen seine Lippen tröpfeln, bevor er sich selbst vorbeugte und einen Mundvoll trank. Dann waren nacheinander die Schafe wieder an der Reihe, und da von irgendwoher unter der Erde mehr Wasser nach oben sprudelte, tranken sie, bis sie ihren Durst gestillt hatten.

Anschließend umringten sie mit tropfenden Gesichtern Sally. Ihr Ohr und der Knopf darin regten sich nicht mehr.

»Respekt, Mann«, erklärte Linx und klopfte ihr mit dem Huf anerkennend auf die Schulter. »Woher wusstest du, dass es da Wasser gibt?«

Sally senkte den Blick bescheiden zu Boden. »Ich vermute, das liegt daran, dass ich mit meiner inneren Schaflichkeit im Einklang bin«, erklärte sie. »Die Fähigkeit, Wasservorkommen zu wittern, muss für unsere Ahnen ungemein wertvoll gewesen sein.«

»In Eppingham nicht«, warf Jasmine stirnrunzelnd ein.

»Wirklich klasse«, sagte Oxo. »Du könntest nicht zufällig auch das Vorkommen von ein paar saftigen Blumenkohlköpfen wittern, oder?«

Sally strahlte die anderen Krieger bloß an. »Wir alle besitzen längst vergessene Kräfte«, verkündete sie.

Will fragte sich, ob es nicht eher etwas mit dem silbernen Knopf zu tun hatte, der Sally ins Ohr geschossen worden war, aber er schwieg. Sollte er jedoch Recht haben, warf das weitere Fragen auf: Warum hatte die Klammerpistolenfrau Sally mit einem Knopf versehen, der Wasser findet? Und wozu diente wohl Oxos goldener Knopf?

Will blickte zu den beiden Jungen hinüber. Zwar gab es jetzt Wasser, doch Cameron hatte trotz der Hitze Schüttelfrost. Er machte einen wirklich kranken Eindruck und Phoenix sah nicht viel besser aus. Es war offensichtlich, dass sie zu schwach waren, um weiterzugehen, und zu groß, um von den Schafen getragen zu werden. Aber die Krieger konnten sie nicht einfach zurücklassen. Die Aasgeier waren zwar verschwunden, doch sie würden wiederkommen.

Will ließ den Blick über die öde Landschaft schweifen in der Hoffnung, die Staubwolke eines Fahrzeugs auszumachen. Nichts. Dann aber fiel ihm dicht über den fernen Bergen ein kleiner Punkt am Himmel auf.

Phoenix hatte ihn ebenfalls gesehen.

»Hubschrauber …«, krächzte er. »Cameron … da ist ein Hubschrauber!«

Das Knattern und Surren der Rotoren durchdrang allmählich die Stille der Wüste, obwohl der Helikopter noch weit entfernt war. War er auf einem Suchflug oder nur zufällig hier unterwegs?

»Leute, wir müssen auf uns aufmerksam machen!«, rief Will und begann hin- und herzurennen.

»Herrje, dafür ist es wirklich zu heiß«, seufzte Sally.

Aber sie und die anderen schlossen sich Will an und rannten laut blökend auf und ab.

Hoch oben in den Lüften fiel dem Hubschrauberpiloten eine Bewegung zu seiner Linken auf. Er ging in den Sinkflug, und was er dann sah, erinnerte ihn an eine Herde Aufziehschafe. Der Pilot warf der Rettungssanitäterin neben sich einen Blick zu. Sie machte noch größere Augen als er. Dann deutete sie nach unten.

Die Schafe mussten sich abwenden, weil der Helikopter bei der Landung einen erneuten Sandsturm verursachte. Sobald die Rotorblätter sich langsamer drehten, trotteten sie zu der Stelle hinüber, wo Phoenix und Cameron lagen.

Die Sanitäterin rannte herbei und kauerte sich neben die beiden Jungen.

»Seid ihr Phoenix und Cameron Dinsdale?«, fragte sie.

Phoenix brachte ein Nicken zu Stande.

»Eure Mom hat euch als vermisst gemeldet. Wir sind schon seit Tagesanbruch auf der Suche.« Sie warf einen Blick auf die Wasserpfütze. »Wir hatten damit gerechnet, nur noch eure Leichen zu finden.«

Der Pilot kam mit einer Trage herbei und gemeinsam brachten sie damit Cameron schnell zum Hubschrauber. Anschließend kehrten sie zurück, um Phoenix zu helfen, der jetzt wankend, aber entschlossen wieder auf den Füßen stand. »Ihr müsst die hier auch mitnehmen«, forderte er. »Wo auch immer es hingeht. Sie haben uns das Leben gerettet – zwei Mal sogar. Ohne die Schafe gehen wir nirgendwohin.«

Die Sanitäterin zuckte mit den Schultern. »In Ordnung«, erwiderte sie. »Ich denke, wir können sie nach Fort Wilmot mitnehmen.«

Will hatte »Fort Wilmot« aufgeschnappt.

»Das ist der Teufelszungenort, erinnert ihr euch?«, wandte er sich eindringlich an seine Gefährten.

Und kaum hatte der Pilot eine Rampe heruntergelassen, hoppelten die Schafe auch schon in den Hubschrauber.

»Kommt da noch so eine Art Auto?«, erkundigte sich Oxo und spähte aus der offenen Tür, während alle darauf warteten, dass die Sanitäterin die menschlichen Patienten sicher mit Gurten festschnallte.

»AchduliebesGras …«, entfuhr es Jasmine, die neben ihm stand. »Das ist die Klammerpistolenfrau …«

Holly Bummberg kam in sicherer Entfernung zu den surrenden Rotorblättern mit quietschenden Reifen zum Stehen und sprang aus dem Golfwagen.

»Sie können die Schafe nicht mitnehmen«, kreischte sie, als sie Oxo in der Türöffnung entdeckte. »Die gehören mir!«

Doch keiner der Menschen hörte Holly über den Lärm hinweg.

»Bereit zum Abheben«, rief der Pilot und die Sanitäterin schlug die Tür zu, während der Hubschrauber vom Boden abhob und mit wirbelnden Rotoren davonflog.

Unten am Boden jedoch hatte sich Holly, die mit zusammengepressten Zähnen Sand spuckte, bereits wieder hinter das Lenkrad des Golfwagens geschwungen.

Auf dem Hubschrauber hatte sie folgende Aufschrift gelesen:

LUFTRETTUNG FORT WILMOT

Todd und Ida waren auf der Ranch *Am Ende der Welt* kurz nach Tagesanbruch durchgefroren und durstig neben der verlöschenden Glut des Lagerfeuers erwacht. Todd legte Holz nach, bis das Feuer erneut aufloderte.

»Oma, ich versuche mal ein paar Rauchzeichen zu geben. Um auf uns aufmerksam zu machen«, sagte er.

Ida stand mit knirschenden Gelenken auf. »Gute Idee«, sagte sie und knuffte ihn leicht in die Seite. »Ich hoffe, deine Rechtschreibung ist bei Rauchzeichen besser als mit dem Bleistift.« Sie stakste steifbeinig zur Tür. »Währenddessen hole ich etwas Wasser für unsere imaginäre Tasse Tee.«

Ida griff nach ihrer Tasche, öffnete die Tür und trat hinaus auf den Hof. Sie blinzelte in das gleißende Morgenlicht – und in den Doppellauf einer Flinte.

Der Mann, der die Flinte auf sie richtete, war ein Hüne. Hochgewachsen, aufrecht und breitschultrig stand er da. Die Haut seines Gesichts war ledrig und sonnengegerbt. Er trug Cowboy-Stiefel und eine auffallende Weste. Seine Augen, die im Schatten eines breitkrempigen Texashuts lagen, starrten auf Ida herab. Vorne an seiner Weste prangte ein Sheriffstern.

»Howdy, Ma'am«, grüßte er Ida, wobei er seine Flinte nur eine Winzigkeit senkte.

»Halleluja!«, schrie Ida. »Woher wussten Sie, dass wir hier sind?«

»Ich habe den aufsteigenden Rauch schon die ganze Nacht beobachtet«, erklärte der Sheriff. »Das Feuermachen ist auf diesem Territorium verboten. Darf ich fragen, was Sie hier zu suchen haben?«

Todd trat neben seine Großmutter.

»Wir suchen nach unseren Schafen«, setzte er an, »und …«

»Soso.« Der Sheriff hielt immer noch die Waffe auf sie gerichtet. »Und was für Schafe sollen das sein?«

»Die seltenen Rasseschafe aus Eppingham.«

»Tatsächlich?« Der Sheriff nickte, aber sein Tonfall klang so, als glaubte er ihnen kein Wort. »Darf ich Sie bitten, diese Tasche auszuleeren, Ma'am?«

Ida zögerte und drehte dann ihre Handtasche um. Der Inhalt des Schwarzen Lochs in Taschenform purzelte auf den Boden. Der Sheriff musterte prüfend die kunterbunte Pyramide aus Badewannenstöpseln, Stirnlampen, Klebeband, Wäscheklammern und Toilettenpapierrollen. Dann stocherte er misstrauisch mit dem Flintenlauf darin herum.

»Könnt ihr euch ausweisen?«, fragte er.

»Ich bin Ida White und das ist mein Urenkel Todd.«

»Ich habe nicht nach den Namen gefragt, sondern nach den Papieren. Nach den Ausweisen.«

Todd und Ida blickten einander an und dann auf den unordentlichen Haufen an Habseligkeiten, die aus der Tasche gepurzelt waren.

»Herrje, ich muss unsere Pässe in Herrn Rhabarbers Wagen liegen gelassen haben«, erklärte Ida.

Der Sheriff nickte. Es war dieselbe Art Nicken, die sie schon zuvor an ihm gesehen hatten.

»In Herrn Rhabarbers Wagen …«, wiederholte er nachdenklich. Dann fuchtelte er mit der Flinte in Todds Richtung. »Mach das Feuer aus, Junge, und komm dann wieder her.«

Todd eilte zurück ins Haus.

»Sie können Ihre Sachen wieder in die Tasche packen, Ma'am«, fuhr der Sheriff fort. Er sah Ida zu, wie sie alles hineinstopfte, und fügte dann hinzu: »Im Übrigen seid ihr verhaftet.«

»Sie verhaften die Falschen!«, schrie Todd, der auf den Überresten des Feuers herumtrampelte. »Wir wurden entführt und hier ausgesetzt. Er hat gesagt, er wolle uns aus dem Weg haben, bis der Tag B vorbei ist. Aber wir hatten kein Telefon, um die Polizei anzurufen.«

Der Sheriff warf Todd erneut einen skeptischen Blick zu. »Nun, ich nehme an, dann musst du mit mir vorliebnehmen, Junge. Mein Name ist Winzig. Auch wenn ich das ganz offensichtlich nicht bin. Und ich bin der Sheriff von Pistolero-City. Könnt ihr reiten?«

Todd und Ida nickten und der Sheriff blickte hinüber zu dem verfallenen Gatter, an dem ein großes weißes Pferd und ein kleines braunes Maultier angebunden waren.

»Ihr beiden nehmt das Maultier«, ordnete er an.

Todd half seiner Großmutter beim Aufsteigen und schwang sich dann hinter ihr in den Sattel. Die beiden fanden gerade so Platz. Der Sheriff thronte indes komfortabel in seinem kunstvoll verzierten Ledersattel und blickte auf sie herab.

»Sein Name ist Blitz«, sagte er und tätschelte den Hals seines Pferdes. »Wart ihr schon einmal in Pistolero-City?«

Todd und Ida schüttelten die Köpfe.

»Nun denn, dann wird euer Tag gleich noch besser werden.« Und mit diesen Worten band Sheriff Winzig das Maultier mit den Gefangenen los und führte es am Strick hinter sich her.

Eine Zeit lang ritten sie gemächlich durch die Wüstenlandschaft. Niemand sprach. Todds Gedanken rasten. Sollte er versuchen zu fliehen? Sollte er versuchen zu kämpfen? Sollte er noch einmal versuchen, die Geschichte mit Rhabarber und den Schafen zu erklären? Er blickte kurz zu dem strengen Gesicht des Sheriffs auf. Und zu dem Gewehr.. Und beschloss, sich eine Weile ruhig zu verhalten. Das Maultier blieb abrupt stehen, um an einer Kaktuspflanze zu rupfen, und Todd musste sich festkrallen, damit er und Ida nicht von seinem Rücken rutschten. Er würde warten, bis sie in Pistolero-City waren. Dort musste es doch jemanden geben, der ihrer Geschichte Glauben schenkte.

Die Sonne stieg höher und die Hitze nahm zu. Da verkündete der Sheriff endlich: »Hier sind wir, Leute. Pistolero-City!«

»Das ist ja nur eine Geisterstadt!«, stellte Ida fest, während sie die Hauptstraße entlangzuckelten.

Hoch oben auf seinem weißen Pferd zuckte Sheriff Winzig leicht zusammen. Die alte Dame hatte Recht, doch es schmerzte ihn, das zu hören.

»Mein Ururopa war hier Sheriff während des Goldrausches«, erzählte er stolz. »Hier in der Gegend hat man jede Menge Gold gefunden. In Pistolero-City war damals die Hölle los. Überall Goldsucher, Händler, Saloon-Mädchen …«

»Das war einmal«, unterbrach ihn Ida. »Es ist eine Geisterstadt.« Sie war immer noch verärgert über die Festnahme und der Ururopa des Sheriffs war ihr egal.

»Man kann ja wohl nicht behaupten, dass es nicht echt aussehen würde«, sagte Winzig und deutete im Vorüberreiten mit einer Kopfbewegung auf den Gemischtwarenladen, die kleine Kirche, das Hotel und den Saloon.

»Es fehlen die Menschen«, warf Ida ein.

»Aber nicht mehr lange. Der erste Bus trifft in einer halben Stunde ein. Wir haben hier bis zu fünfhundert Besucher am Tag.«

Auch das entsprach der Wahrheit, aber Winzig verschaffte es keine wirkliche Erfüllung. Vor hundertfünfzig Jahren lag Pistolero-City an der Route der Goldsucher und Siedler. Jetzt kamen nur noch Touristen. Es gab ein Café und einen Souvenirladen. Als Sheriff war er die meiste Zeit damit beschäftigt, den Leuten den Weg zu den Toiletten zu zeigen und für Fotos zu posieren. Aber heute hatte er eine richtige Verhaftung vorgenommen. Und er beabsichtigte, das auszukosten.

Vor dem Gefängnis zog Winzig die Zügel an, stieg ab und band die beiden Tiere an der Pferdestange fest. Todd sprang ab und half seiner Großmutter. Zu jeder anderen Zeit hätte ihn der Ort begeistert. Es war, als befände man sich tatsächlich mitten im Wilden Westen.

Während Todd sich so umschaute, unternahm seine Großmutter plötzlich einen Fluchtversuch. »Lauf, Todd«, schrie sie und versuchte dem Sheriff zu entwischen. Aber er musste nur einen großen Schritt machen, seinen langen Arm ausstrecken und schon hatte er sie am Kragen gepackt.

»Das ist Widerstand gegen die Staatsgewalt, Lady«, sagte der Sheriff missbilligend.

»Ganz genau«, erwiderte Ida, die sich wand und um sich trat.

Um auf Nummer sicher zu gehen, packte er Todd mit der anderen Hand und mit einem strampelnden Gefangenen unter jedem Arm trat er auf die Holzplanken des Gehwegs.

»Ich will Ihren Chef sprechen«, schrie Todd. »Den Marshal oder den Bürgermeister oder irgendjemanden!«

Der Sheriff verstärkte nur seinen Griff, stieß mit der Schulter die Tür zum Gefängnis auf und marschierte hinein. Sie durchquerten eine kleine Schreibstube und mit einem Fußtritt öffnete er die Zellentür und ließ Todd und Ida auf den Boden fallen. Ida schlug mit ihrer Handtasche nach dem Sheriff, aber der wich aus. »Genug …«, warnte er und ließ scheppernd die Zellentür hinter sich zufallen. Todd rannte ihm nach und rüttelte an den Stangen, während Winzig den Schlüssel im Schloss umdrehte und abzog.

»Das können Sie nicht tun!«, rief Todd.

»Ich habe es schon getan, Junge.«

»Aber wir sind keine Verbrecher!«

»Natürlich nicht«, stimmte Winzig mit einem skeptischen

Lächeln zu. »Ihr seid Freunde von Herrn Rhabarber. Also, lasst es mich einfach wissen, wenn ihr bereit seid, vernünftig zu reden.«

Mit diesen Worten wandte er sich ab und schlenderte nach draußen. Den Zellenschlüssel nahm er mit.

Fort Wilmot war eine große Stadt mit einem Flughafen, einem Bahnhof und jeder Menge breiter, geschäftiger Straßen. Von der Teufelszunge entdeckten die Krieger allerdings keine Spur, als der Hubschrauber vor dem Krankenhaus landete, und so wussten sie nicht recht, wie sie weiter vorgehen sollten.

Nachdem der Motor verstummt war und man den Schafen die Ohrenschützer abgenommen hatte, hörte Will die Sanitäterin fragen: »Was habt ihr dummen Jungs eigentlich geglaubt, wo ihr hinfahrt?«

»Wir wollten hierher, nach Fort Wilmot«, erwiderte Phoenix und versuchte aufzustehen. »Glauben Sie, wir können heute Abend die Widder sehen? Wenn sie gegen die Teufelszunge antreten?«

»Ausgeschlossen«, erklärte die Sanitäterin.

»Aber bis dahin sind wir wieder fit«, protestierte Phoenix,

während Will näher rückte, um das Gespräch besser verfolgen zu können.

Von welchen Widdern redeten sie wohl?, rätselte Will. Etwa von Oxo und Linx? Die Sanitäterin tätschelte Will.

»Weißt du, ich vermute, die Schafe hier haben mehr Grips als du und dein Bruder«, sagte die Sanitäterin. »Ihr verirrt euch in der Wüste, ohne Wasser, ohne Telefon, ohne Funkgerät. Und jetzt vertut ihr euch auch noch mit dem Datum. Die Teufelszunge hat schon *gestern* Abend den Widdern in Fort Wilmot den Garaus gemacht. Ihr habt es verpasst. Jetzt sind sie weitergezogen. Als Nächstes kommt Las Vegas.«

Sie schenkte Will ein Lächeln und gab ihm noch einen Klaps, als ein Sanitätsteam am Hubschrauber eintraf, um die Menschen ins Krankenhaus zu bringen.

»Ich muss mal sehen, ob euch ein Tierarzt nicht ein oder zwei Schafsgehirnzellen einpflanzen kann«, sagte sie zu den Jungen. »Das heißt, wenn euch eure Mutter nicht vorher erwürgt.«

»Kümmern Sie sich bitte um die Schafe«, rief Cameron besorgt, ohne sich an jemand Bestimmten zu wenden, als er auf einer Fahrtrage zum Krankenhaus gerollt wurde.

Aber Will wartete nicht ab, dass irgendjemand sich um sie kümmerte. Er ging den übrigen Kriegern voran und verließ den Hubschrauber über die Rampe.

»Wir kommen zu spät«, erklärte er bekümmert. »Gestern wurden hier Widder geschlachtet.«

»AchduliebesGras ...« Ausnahmsweise einmal sprach Jasmine allen aus der Seele.

»Respekt für die Toten, Mann ...«, murmelte Linx.

Alle blickten schweigend auf ihre Hufe.

»Deshalb denke ich, müssen wir jetzt zu einem Ort, der Las Vegas heißt«, fuhr Will fort.

Er hatte vom landenden Helikopter aus eine Bahntrasse entdeckt. Mit Zügen kannten sich die Krieger, sogar Oxo, ebenso gut aus wie mit Hubschraubern. Sie waren schon einmal Bahn gefahren, im Schaffnerabteil. Jetzt kam der Augenblick, einen zweiten Versuch mit diesem Transportmittel zu wagen. Will entdeckte ein leuchtendes grünes Männchen und sie überquerten die Straße. Dann fand er einen Wegweiser zum Bahnhof. Dummerweise führte er die Schafe jedoch durch eine Seitenstraße, die zu beiden Seiten Häuser säumten. Jedes Haus war mit einem niedrigen weißen Zaun von der Straße abgegrenzt und zwischen Haus und Zaun lag jeweils ein gut bewässerter Rasen. Nach den Erlebnissen in der Wüste war die Versuchung einfach zu groß.

»Erst Futter für das Vlies, dann Vorstoß gegen den Feind!«, schrie Sally.

Oxo brauchte man das nicht zweimal zu sagen. Er sprang über den nächstgelegenen Zaun und vergrub seine Schnauze in dem Leben spendenden Grün. Alle folgten seinem Beispiel. Nicht einmal Will konnte dem Geräusch, mit dem Oxo das saftige Gras rupfte, widerstehen.

»Bleibt in Bewegung!«, forderte Will zwischen zwei üppigen Mundvoll. »Fresst im Gehen!«

Und so frästen sich die Kriegerschafe durch die Vorgärten wie vierbeinige Rasenmäher.

Als sie endlich den Parkplatz des Bahnhofs erreichten, sah Will auf einem Plakat die Abbildung einer merkwürdigen Lokomotive.

ALLE MANN EINSTEIGEN IN DEN SCHNAUFENDEN SAM!
– VON FORT WILMOT ZUM GRAND CANYON UND ZURÜCK –
MIT ANSCHLUSSVERBINDUNG NACH LAS VEGAS!

Aus der Ferne hinter dem Bahnhofsgebäude war ein lautes, leicht klagendes Pfeifen zu vernehmen.

»Leute, ich glaube, da kommt ein Zug!«, mahnte Will die anderen zur Eile.

Die Schafe kehrten widerstrebend den Rasenflächen den Rücken und folgten Will, der zum Bahnhof hetzte. Dort quetschten sie sich durch ein Tor auf den Bahnsteig. Eine aufgeregt schnatternde Menschenmenge wartete bereits. Die Leute reckten die Hälse, um einen ersten Blick auf den einfahrenden Zug zu erhaschen.

»Da kommt er, Junior«, sagte ein Mann und hob einen kleinen Jungen auf seine Schultern.

»Ist das der Schnaufende Sam?«, erkundigte sich der Kleine aufgeregt.

»Der einzig Wahre«, versicherte ihm sein Vater.

Die Zugpfeife ertönte erneut und der Schornstein stieß eine gewaltige Dampfwolke aus, als der Zug ratternd in den Bahnhof einfuhr. Es handelte sich um eine sehr alte Dampflokomotive mit großen Rädern, hohen Waggons und jeder Menge glänzend polierten Messings. Vor der Lok war eine Art riesige Baggerschaufel angebracht.

»Das ist ein Kuhfänger«, erklärte der Vater seinem Sohn. »Mit so einem Schienenräumer hat man früher Vieh beiseitegeschoben, das sich auf den Schienen herumtrieb.«

Der Lokführer betätigte im Führerstand die Bremse. Er winkte den wartenden Fahrgästen zu, während die riesigen Räder zum Stillstand kamen. Neben ihm stützte sich der Heizer vor der geöffneten Feuerbüchse auf seine Schaufel. Sein rußschwarzes Gesicht war schweißüberströmt. Am letzten Waggon des Zugs befand sich eine offene Plattform, die durch ein massives Messinggeländer gesichert war.

All die wartenden Menschen beeilten sich, in die Waggons zu klettern und Sitzplätze zu suchen. Juniors Vater hatte sich einen Weg zu der Aussichtsplattform am Ende des Zugs gebahnt, wo er nun mit seinem Sohn am Geländer lehnte.

»Kommt, ihm nach«, sagte Will. »Da draußen fallen wir nicht so auf.« Er erinnerte sich dunkel, dass man so etwas wie Fahrscheine zum Zugfahren benötigte. Die Schafe zwängten sich also durch das Gedränge hindurch zum Zugende und kletterten auf die Plattform, wo sie sich bemühten, so zu wirken, als wären sie gar nicht da.

»Der Zug ist sehr viel schöner als der, mit dem wir letztes Mal gefahren sind«, stellte Sally anerkennend fest.

»Jep, in Amerika ist einfach alles moderner, was«, stimmte Linx zu.

Der schrille Klang der Zugpfeife ertönte, zischend vernebelten Dampfwolken den Bahnsteig und die Räder begannen sich zu drehen. Junior winkte begeistert und der Zug tuckerte aus dem Bahnhof.

»Zu wem gehören die Wollknäuel?« Ein Fahrkartenkontrolleur war in dem Waggon neben der Aussichtsplattform aufgetaucht. Die Fahrgäste zuckten mit den Schultern und blickten einander an.

»Ach, die stören doch niemanden«, rief Juniors Vater. »Lassen Sie sie mitfahren.«

»Okay, dann kriegen sie von mir ein Schafwagenticket«, erklärte der Schaffner gelassen. Er lachte über seinen Witz und klatschte Sally einen Fahrschein auf ihren breiten Rücken.

Die Krieger ließen sich zum Wiederkäuen nieder und betrachteten die vorüberziehende Landschaft. Nach einiger Zeit wurden letzte Ausläufer der Wüste von Feldern abgelöst und schließlich von Wäldern, als der Zug sich in immer größere Höhe vorankämpfte. Bald waren zu beiden Seiten nur noch Kiefern zu sehen.

Ein alter Mann, der einen Cowboyhut trug, kam mit einem Banjo, das aussah wie eine kleine Gitarre, in den Waggon und setzte sich neben den Ausgang zur Plattform.

»Howdy, Leute!«, begrüßte er die Fahrgäste. »Genießt ihr euren Ausflug?«

Alle bejahten das.

Er begann auf seinem Banjo zu klimpern. »Keine Sorge, ich höre gleich wieder damit auf.«

Alle lachten.

»Ein paar organisatorische Dinge will ich euch an dieser Stelle mitteilen. Wenn wir am Grand Canyon eintreffen, wartet dort schon ein Bus für diejenigen, die direkt nach Las Vegas weiterfahren wollen. Verpasst ihn nicht. Der Bus wartet nicht.« Er spielte ein paar weitere Akkorde auf dem Banjo an. »Las Vegas … witziger Name, was? Das ist Spanisch und bedeutet ›die Auen‹.«

Wieder lachten alle, aber Will verstand nicht, warum.

»Auen? Was? Heißt das nicht so viel wie ›saftige Wiesen‹?«, erkundigte sich Oxo begierig, als Will für die anderen wiederholte, was der Banjospieler erzählt hatte.

»Bestimmt, Alter«, pflichtete Linx ihm bei. »Auf Wiesen gibt es Schafe, oder? Deshalb ist die Teufelszunge dahin unterwegs. Um mit seinem Gemetzel weiterzumachen.«

Da verging Oxo die Lust, über saftige Wiesen zu reden.

Der alte Mann klimperte erneut auf seinem Banjo und sang dazu: »Einsamer Cowboy, bist so weit, weit von zu Haus …«

Linx zog die Schultern hoch.

»Oh, Mann … nie hat man Ohrenschützer, wenn man sie wirklich braucht!«

Die übrigen Krieger waren in musikalischer Hinsicht nicht so wählerisch. Ja, ihnen gefiel die Musik sogar.

»Oh, Su-sannah …«, sangen die menschlichen Fahrgäste.

»Mäh … mäh … mähmäh …«, blökten die Schafe.

»Don't you cry for me …!«

»Mäh, mäh, mäh, mäh, määääh …!«

»Denn ich fahre zum Grand Canyon mit 'nem Schaf auf meinem Knie!«

Der ganze Wagen sang noch immer, als der Zug schließlich rumpelnd zum Stehen kam. Will beobachtete, wie die meisten Fahrgäste aufgeregt aus dem Bahnhof strömten.

»Sie sehen sich den Grand Canyon an«, sagte er wehmütig. »Ob uns die Zeit dafür reicht?«

»Beeilt euch, der Bus wartet nicht«, mahnte Jasmine streberhaft. Sie hatte den Bus schon auf dem Parkplatz entdeckt.

»Was ist dieses Grand-Canyon-Dingens überhaupt?«, wollte Linx wissen, während er mit den anderen hinter Jasmine hertrabte.

»Das ist eine Art Tal«, erklärte Will, »aber riesengroß.«

»Was, größer als das Sumpfloch?«, hakte Oxo ungläubig nach.

Das Sumpfloch war ein Tal in Eppingham, wo sie ab und zu der Abwechslung wegen grasten.

»Viel größer«, schwärmte Will. »Ich habe den Canyon mit Todd im Fernsehen gesehen. Er ist kilometerbreit und -tief. Und im Sommer wird es darin so heiß und trocken, dass es kaum Leben gibt.«

»Also … korrigiere mich, falls ich mich irre«, entgegnete Oxo, »aber wenn ich dich richtig verstanden habe, ist dieser Canyon einfach nur ein heißes, staubiges Loch im Boden. Ohne Fressen?«

»Ein ganz besonderes Loch«, widersprach Will beharrlich.

Doch die anderen hatten bereits das Interesse verloren. Jasmine und Sally waren neben dem parkenden Bus stehen geblieben. Die Tür stand offen und der Fahrer schlief hinter dem Steuer.

»Ist das der richtige Bus, Liebes?«, fragte Sally.

Der Fahrer schnarchte laut und rekelte sich ruckartig auf seinem Sitz.

»Ja«, antwortete Will flüsternd, als er das Schild vorne am Bus gelesen hatte. »Der fährt nach Las Vegas. Wir sollten uns allerdings ganz leise hineinschleichen. Da steht: ›keine Haustiere‹.«

»Haustiere«, schnaubte Linx. »Damit sind doch Hunde und Katzen gemeint. Wir sind Krieger, Mann!«

Der Fahrer grunzte laut und wechselte erneut seine Sitzhaltung.

»*Pst* …«

Will wartete, bis der Mann wieder zur Ruhe gekommen

war, und sprang dann die Stufen hinauf in den Bus. Auf den Hufspitzen stahl er sich an dem Fahrer vorbei und huschte durch den Gang nach hinten. Er hoffte, sie könnten sich hinter den Sitzen verbergen. Doch Oxo, Linx und Sally waren viel zu massig, um sich dahinterzuquetschen.

»Vielleicht bemerkt er uns nicht, wenn wir ganz ruhig in der letzte Reihe Platz nehmen«, murmelte Will.

Also kletterten sie lautlos auf die hintere Sitzbank und reihten sich nebeneinander auf, den Blick starr nach vorne gerichtet, als wären sie Teil des Busses.

Ein paar Leute aus dem Zug kamen jetzt mit schnellen Schritten über den Parkplatz geeilt.

Der Fahrer hörte das Rattern ihrer Rollkoffer und schüttelte den Schlaf ab. Er nahm das Geld der einsteigenden Passagiere entgegen und händigte ihnen Fahrscheine aus. Einige nickten den Schafen auf der hinteren Sitzbank zu und die Schafe nickten höflich zurück. Man hatte schließlich während der Zugfahrt Bekanntschaft geschlossen. Die Menschen machten es sich auf ihren Sitzen bequem und der Busfahrer schloss die Türen.

»Nach Las Vegas ohne Zwischenstopp!«, rief er, ohne sich umzudrehen. »Nächster Halt Las Vegas!« Und er fuhr los, ohne die zusätzlichen Fahrgäste bemerkt zu haben.

Einige Stunden später glitten zischend die automatischen Schiebetüren des Krankenhauses in Fort Wilmot auseinander und Holly Bummberg marschierte hinein. Zielstrebig steuerte sie den Empfangsschalter an.

»Ich suche nach einer Schafherde«, verkündete sie barsch. »Wo ist sie?«

Die Dame am Empfang blickte auf. Sie hatte ihre eigene Methode entwickelt, um mit Rüpeln fertigzuwerden, und die nannte sich: zurückrüpeln.

»Das hier ist eine Klinik, Lady«, sagte sie. »Und das K steht für kranke Menschen, nicht für kranke Schafe.«

Holly ballte die Fäuste und biss die Zähne aufeinander. »Sie sind heute Morgen mit dem Rettungshubschrauber hier eingetroffen«, presste sie hervor. »Ich *weiß* es.«

»Versuchen Sie es drüben im Veterinärzentrum auf der anderen Seite des Parks«, schlug die Empfangsdame vor, ohne sie noch eines weiteren Blicks zu würdigen. »Wir behandeln hier keine Schafe.«

»Wir haben welche gesehen, was, Dad?«

Bei diesen Worten wirbelte Holly herum.

Die Stimme gehörte einem kleinen Jungen, der neben seinem Vater auf einem Stuhl saß. Er war bei einem Sprung von einem Zug hingefallen und hatte sich das Knie aufgeschlagen. Jetzt wartete er tapfer darauf, genäht zu werden.

»Allerdings, Junior«, bestätigte sein Vater.

»Wo?«, blaffte Holly sie an. »Wie viele?«

»Es waren fünf Schafe«, berichtete Junior, noch immer ganz aufgeregt. »Im Schnaufenden Sam. Und dann sind sie in einen

Bus nach Las Vegas eingestiegen. Die waren wirklich knuffig.«

Holly war bereits auf dem Weg nach draußen. Die Türen schlossen sich zischend hinter ihr und sie hackte wild eine Nummer in ihr Mobiltelefon. Endlich ertönte die Stimme ihres Mannes am anderen Ende der Leitung.

»Hi, Liebling«, sagte er gut gelaunt.

Er war zurück im Stützpunkt, umgeben von Computern und Menschen in weißen Kitteln, die ihn »Sir« nannten. Todd und Ida hatte er völlig vergessen.

»Stanley, ich fahre nach Las Vegas«, teilte sie ihm barsch mit.

»Vegas?« Stanley bemühte sich, nicht ebenso barsch zu klingen. Was sollte das jetzt wieder? »Liebling, das ist nicht der richtige Zeitpunkt für einen Urlaub.«

Im Hintergrund zählte eine Computerstimme die Sekunden herunter: »Zweiundneunzigtausendeinhundertfünfzehn …«

»Hörst du das?«, fragte der Professor. »Den Countdown? Morgen ist der Tag B, schon vergessen? Wo sind meine Schafe?«

»Stanley.« Hollys Tonfall war scharf. »Halt den Mund und steig in ein Flugzeug. Deine Schafe sind in Las Vegas. Wir treffen uns dort. Ich brauche deine Hilfe.«

Sie beendete das Gespräch und fuhr in ihrem Golfwagen zum Flughafen.

»*Du* brauchst *meine* Hilfe?«, murmelte der Professor in das mittlerweile stumme Telefon. Einen Augenblick lang gefiel ihm dieser überraschende Gedanke, aber dann erinnerte er sich an den Countdown und er verfiel in Panik.

Todds und Idas Zelle in Pistolero-City war sauber und kühl. Der Boden bestand lediglich aus gestampfter Erde und die Wände waren weiß getüncht. Es gab zwei Stockbetten, einen Stuhl und einen kleinen Ofen mit einem Stapel Brennholz daneben. Hinter einer Tür in der Ecke befand sich eine winzige Toilettenkabine. Der Raum war fensterlos, doch von der Schreibstube des Sheriffs und der dahinterliegenden Straße drang viel Tageslicht in die Zelle. Und die Gefangenen waren nicht allein.

Den ganzen Tag über hatten sie an den Gitterstäben der Zelle gerüttelt und die Touristen, die durch das Gefängnis schlenderten, um Hilfe angefleht. Niemand hatte sie ernst genommen.

»Großartige Show!«, rief ihnen ein Mann zu, der gerade neben dem Schreibtisch des Sheriffs stand. »Ihr wirkt richtig echt! Wie Wild Billy und Revolver-Omi.«

»Wir machen keine Show!«, tobte Todd zum hundertsten Mal. »Wir sind nicht mal Amerikaner. Wir sind Gefangene!«

Die Besucher des Gefängnisses lachten und klatschen Beifall. »Gut gemacht, Junge«, bekräftigte der Mann, als er sich zum Gehen wandte. »Du hast eine große Zukunft beim Film vor dir.«

Der Rest der Gruppe folgte ihm schmunzelnd. Todd seufzte und sah seine Großmutter an. »Es wird allmählich dunkel. Heute kommen keine Touristen mehr. Wir müssen es morgen noch mal versuchen.«

Ida machte ein sehr nachdenkliches Gesicht. »Ist Sheriff Schwachkopf da draußen?«

Todd spähte durch die Gitterstäbe. »Ich kann ihn nicht sehen. Warum? Willst du noch etwas zu essen?«

Sie hatten einen Pistolero McPig gegessen, den Winzig ihnen vor einer Weile gebracht hatte.

»Nein«, erwiderte Ida. »Hilf mir, das Stockbett beiseitezuschieben.«

Todd sah sie fragend an, dann zog er das eine Bettende von der Wand weg. Der Boden dahinter schien ein bisschen lockerer zu sein.

»Einen Versuch ist es wert«, sagte Ida.

Sie griff nach einer kleinen Schaufel, die neben dem Ofen lehnte, und reichte sie Todd.

»Fang an zu graben!«

Die saftigen Auen

Auf der hinteren Sitzbank des Busses nach Las Vegas drehten sich die Gedanken der Kriegerschafe nur um eines: Teufelszunge.

»Wir müssen listig vorgehen, klar?«, erklärte Linx gerade. »Der Typ muss einer von der schnellen Truppe sein, so wie der von einem Ort zum andern springt. Mit roher Gewalt allein kommen wir da nicht weit.«

»Und ob, wenn ich ihn erst vor die Hörner kriege«, knurrte Oxo.

Jasmine gähnte. »Was meinst du, Will?«

Aber ausnahmsweise konnte Will keinen klugen Vorschlag beisteuern. Er hatte die kleine Herde schon so weit auf ihrer Mission geführt und die Anstrengungen, die hinter ihm lagen, hatten ihn erschöpft. Will war eingeschlafen.

»Was für ein Lämmchen!«, schnaubte Jasmine.

Doch es dauerte nicht lange und da war auch sie eingenickt.

Ebenso wie die übrigen Krieger. Der Bus brauste unbeirrt mit seiner Fuhre dösender Menschen und Schafe durch die Wüstenlandschaft dahin. Die Sonne ging unter und funkelnde Sterne zeigten sich am schwarzen Nachthimmel.

Hoch über dem Bus befand sich ein Flugzeug im Landeanflug auf Las Vegas.

»Auf, auf! Aus den Federn, Leute!« Von diesem Ruf wurden die Schafe geweckt. »Willkommen in Las Vegas! Auf, auf!«

Die Kriegerschafe folgten den menschlichen Fahrgästen im Gang nach vorn und warteten, bis sie mit dem Aussteigen an der Reihe waren. Der Fahrer hatte den Mund gerade zu einem herzhaften Gähnen aufgerissen, als er sie bemerkte. Er klappte den Mund zu, dann öffnete er ihn wieder und blinzelte verwirrt.

»Wann seid ihr denn an Bord gegangen?«, fragte er.

Aber die Schafe waren bereits aus dem Bus hinaus in die heiße Nachtluft von Las Vegas gesprungen.

Der Himmel war von einem fast schwarzen Dunkelblau, doch überall blinkten, tanzten und glitzerten Lichter. Der Bus hatte in der Hauptstraße haltgemacht, vor dem größten Gebäude, das die Schafe je gesehen hatten – abgesehen vielleicht von seinem Nachbargebäude. Denn sämtliche Häuser in der Straße waren riesengroß und an allen Fassaden pulsierten bunte Lichter und Leuchtreklamen. Springbrunnen jagten Wasserfontänen in die Höhe, die beinahe so hoch waren wie die Gebäude selbst, und Tausende von Menschen strömten durch die offenen Türen hinein und heraus. Die Krieger standen dicht aneinandergedrängt da und blickten sich mit großen Augen verblüfft um.

Jasmine war die Erste, die das Wort ergriff. »Achduliebes-Gras … das ist einfach … vliestastisch …«

Oxo war weniger beeindruckt. Er war mit der Vorfreude auf einen kleinen Imbiss erwacht. »Das sind ganz schön komische Auen«, grummelte er. »Ich kann nirgends auch nur einen Grashalm entdecken.«

Genau in diesem Moment setzte sich der Boden unter ihnen in Bewegung. Die Schafe blickten auf ihre Hufe. Sie standen auf einem silbrigen Metallband, das sich vom Gehweg zu dem nächstgelegenen gewaltigen Gebäude erstreckte. Und es bewegte sich in der Tat. Es transportierte sie langsam an schrägen Glaswänden vorbei auf ein imposantes Portal zu.

»Ho, langsam, Mann!«, schrie Linx. »Wohin fahren wir?«

Will blickte zu dem glitzernden Schild über dem Eingangsportal hinauf, und während sie darunter hindurchglitten, las er laut: »Hotel *English Meadows*. Das Hotel heißt Englands Auen.«

Ein beeindruckender Springbrunnen mitten in der Hotellobby ließ violette und grüne Fontänen hoch in die Luft sprudeln. Im Hintergrund spielte leise Musik und an den Wänden ringsherum klingelten und blinkten Spielautomaten. Der Raum war voller Menschen: eintreffende und abreisende

Gäste mit Koffern, Kellner, die wie Schafhirten gekleidet waren und Tabletts mit Essen durch den Raum trugen, Musiker in altertümlichen Kostümen, die Flöte spielten, und Mädchen mit langen Röcken und Hauben, die Blumen verteilten.

»Nun ja, wenigstens ist es hier schön und kühl«, bemerkte Sally dankbar.

Jasmine seufzte abermals mit leuchtenden Augen. »Es ist einfach …«

»Vliestastisch«, knurrte Oxo. »Das hast du eben schon gesagt.«

Er knabberte probehalber an dem grünen Grasboden und musste feststellen, dass er aus Plastik war.

Ein Mädchen in einem wallenden rosafarbenen Kleid beugte sich herunter und steckte Jasmine eine Blume ins Fell.

»Du bist sooo süß«, sagte sie, bevor sie weiterschwebte. Dann bot ein Kellner in einem Hirtenmantel Jasmine ein Salatblatt von seinem Silbertablett an. »Hey, du bist ja eine Hübsche«, sagte er.

»Hier will ich bleiben. Für immer und ewig …«, hauchte Jasmine.

Oxo spuckte nur Plastikfetzen aus.

Jasmine hatte die Teufelszunge vergessen. Sie hatte Todd und Ida und Eppingham vergessen. Sie hatte sogar Sally, Will, Linx und Oxo vergessen. Und als dann eine Hand mit jeder Menge Diamantringen und Armreifen sie unter dem Kinn kraulte und die Person, der die Hand gehörte, sagte: »Du bist *wunderschön*. Möchtest du einen kleinen Spaziergang mit mir machen?«, da folgte sie der Frau mit dem langen blauen Kleid und den funkelnden Juwelen zum Aufzug.

»Du musst dich ein bisschen frisch machen, Süße«, erklärte die Frau. »Ich helfe dir dabei.«

Die Türen des Aufzugs öffneten sich, die Frau rauschte hinein und Jasmine folgte ihr auf den Fersen.

Die anderen Schafe blickten sich um.

»Jasmine! Komm zurück!«, schrien sie im Chor und stürmten zum Aufzug.

Die Türen schlossen sich vor ihren Nasenspitzen mit einem leisen Zischen.

Roulette in Las Vegas

Während Jasmine gerade im Aufzug verschwand, betrat Professor Stanley Bummberg die Ankunftshalle des Flughafens von Las Vegas. Er war im Flugzeug in einen unruhigen Halbschlaf gefallen und fühlte sich jetzt schlechter als zuvor. Schließlich war es die Nacht vor dem Tag B und nicht der richtige Zeitpunkt, um durch die Gegend zu fliegen, nur weil seine Frau ihn in Las Vegas treffen wollte – ausgerechnet in Las Vegas. Seine Panik war einer abgrundtief schlechten Laune gewichen. Außerdem starrten ihn aus irgendeinem Grund alle Leute an.

Holly wartete schon auf ihn. Ungeduldig. Auch sie hatte während des Flugs ein Schläfchen gehalten und fühlte sich erfrischt und voller Tatendrang. Sie trat vor, sobald sie Stanley entdeckte, und nahm ihm die Bleistifte aus den Ohren. Sie wünschte, er würde sich nicht so in der Öffentlichkeit zeigen. Selbst ein Genie sah mit Bleistiften in den Ohren albern aus.

»Was ist schiefgelaufen, Liebling?«, erkundigte sich der Professor, während seine Frau ihm die Stifte grob in die Brusttasche seines weißen Kittels steckte.

»Nichts ist schiefgelaufen«, entgegnete Holly knapp und wünschte zudem, ihr Mann würde *ein Mal* daran denken, beim Verlassen des Labors seinen Kittel auszuziehen. »Aber ich wusste, dass du dir Sorgen machen würdest. Deshalb wollte ich dich an meiner Seite haben. Das nennt man Teamarbeit.«

Man nannte es auch: für einen möglichen Fehlschlag einen Mitschuldigen in der Hinterhand zu haben. Aber das würde Holly nicht zugeben.

»Wir haben es *tatsächlich* mit den außergewöhnlichsten Geschöpfen des Universums zu tun!«, fügte sie hinzu.

In Stanley keimte allmählich die Frage auf, ob er diese Tiere wirklich wollte. Die Zeit wurde knapp und er würde sich schon mit jedem x-beliebigen Schaf, ja sogar mit zwei Ratten, zufriedengeben. Aber Holly gab ihm keine Gelegenheit, das auszusprechen. Sie drehte sich auf dem Absatz um und eilte ihm mit energischen Schritten voraus.

»Hast du die alte Schrulle und den Jungen zur Ranch *Am Ende der Welt* gebracht, wie ich es dir gesagt habe?«, fragte sie über die Schulter.

Stanley starrte sie einen Moment lang verständnislos an, dann erinnerte er sich an die alte Dame und ihren Enkel. Er entschied sich, *nicht* die Wahrheit zu sagen.

»Ja«, antwortete er und folgte ihr. »Sie werden uns nicht in die Quere kommen.«

»Gut.« Holly steuerte zielstrebig den Taxistand an.

»Also, hast du deine außergewöhnlichen Schafe aufgespürt, Liebling?«, erkundigte sich der Professor, darum bemüht, Schritt zu halten. »Du weißt genau, wo sie sich befinden?«

»Selbstverständlich.« Jetzt war es Holly, die log.

Der Professor schaute sich um. »Ich sehe sie nicht.«

Holly gab dem Fahrer des nächsten Taxis mit einem Fingerschnippen ein Zeichen. »Stanley, das sind hochintelligente Tiere«, erklärte sie und stieg in den Wagen. »Sie fliegen mit Hubschraubern und fahren mit Bussen. In Las Vegas gibt es nur einen denkbaren Ort, wo sie sich gern aufhalten würden.«

Will und der restliche Schaftrupp fuhren mit den Aufzügen nach oben und wieder hinunter auf der Suche nach Jasmine. Sie trabten durch endlose Korridore und spähten in Hunderte von Zimmern. Zurück im Erdgeschoss, stießen sie schließlich auf eine Tür, die von Männern in schwarzen Anzügen bewacht wurde. Will las den Anschlag an der Tür laut vor: »Zugang nur für ernsthafte Spieler.«

»Spielen, das tun doch Lämmer, oder?«, bemerkte Linx verwirrt.

»Jep«, pflichtete ihm Oxo bei. »Spielen heißt auf einem Feld herumzuspringen. Was soll daran ernsthaft sein?«

Sie zuckten mit den Schultern und drängten sich an den

Männern in den schwarzen Anzügen vorbei. Die Menschen in dem Saal hinter der Tür sprangen nicht herum. Sie saßen an riesigen runden Tischen und beobachteten, wie Karten umgedreht wurden oder eine kleine Kugel um eine Scheibe mit roten und schwarzen Feldern sauste. Alle wirkten in der Tat sehr ernsthaft. Die Krieger quetschten sich zwischen den Beinen der Menschen durch, um unter die Tische zu lugen. Aber nirgends eine Spur von Jasmine. Sie hasteten zurück in die Eingangshalle.

»Das Gebäude ist einfach zu groß«, seufzte Sally und ließ sich auf den Boden plumpsen. »Wir finden sie nie.«

»Das ist hier kein geeigneter Platz zum Sitzen, Ma'am«, bemerkte ein Kellner, der mit einem riesengroßen Tablett voller Getränke vorübereilte. »Ihr wollt bestimmt in den fünfunddreißigsten Stock.« Und schon rauschte er weiter.

»Wollen wir das?«, fragte Sally.

Sie trotteten erneut zum Lift und ein weiterer Kellner war ihnen behilflich und drückte auf den Knopf, um den Aufzug zu rufen.

»Wir freuen uns über Ihren Besuch«, sagte er noch, während er sich vorbeugte und den Knopf für das fünfunddreißigste Stockwerk drückte.

Der Aufzug schoss ohne einen weiteren Zwischenstopp nach oben. Er war blitzschnell und erreichte die fünfunddreißigste Etage, als die meisten Mägen der Kriegerschafe noch dahin unterwegs waren.

Sie warteten kurz, bis auch die letzten Mägen eingetroffen waren, und traten dann hinaus.

»Ich glaub, mein Horn pfeift«, entfuhr es Oxo und er blickte sich fassungslos um.

Es war, als hätte man sie geradewegs zurück nach England, ja direkt nach Eppingham gebeamt. Allerdings fehlte der Regen. Sie standen auf einer sonnenbeschienenen Wiese mit echtem, saftigem Gras. Über ihren Köpfen erstreckte sich ein blauer Himmel, über den weiße Wolken zogen, und vor ihnen graste friedlich eine kleine Herde von Schafen, echten Schafen.

»Ich glaub, mein Horn pfeift auch …«, sagte Linx.

Währenddessen hielt draußen in der realen Welt ein Taxi vor dem Hotel *English Meadows*. Holly Bummberg drückte dem Fahrer das Geld in die Hand und schon rannten sie und Stanley über das metallische Laufband. In der Lobby hing ein großer Plan des Hotels, auf dem Holly fand, was sie suchte.

»*Ländliche Idylle*«, blaffte sie. »Komm mit.«

Sie schubste Stanley in den nächstgelegenen Aufzug und drückte den Knopf für das fünfunddreißigste Stockwerk.

»Aber wenn das Hotel da oben eine ganze Schafherde hält, wie sollen wir dann unsere beiden Schafe erkennen?«, erkundigte sich Stanley, während sie nach oben fuhren.

»An den Sensoren in ihren Ohren, Schatz«, erklärte seine Frau kurz angebunden.

Doch das Bild, das sich ihnen bei ihrer Ankunft bot, war dennoch ein kleiner Schock.

»Ich fasse es nicht«, murmelte Holly. »Warum sind hier *derart* viele Wollbälger? Ich kann unsere nicht mal *sehen.*«

»Herrlich, nicht wahr?«, bemerkte ein Kellner und drückte ihr im Vorübergehen einen Fruchtcocktail in die Hand. »Ruhe und Frieden unter blauem Himmel, wann immer Ihnen danach ist, Tag und Nacht.« Er lachte. »Das wird alles mit Spiegeln und Beleuchtungseffekten erzeugt, aber genießen sie es einfach.« Er trat in einen Aufzug und die Türen glitten zu.

Holly konzentrierte sich erneut auf die Schafe und holte das Seil aus ihrer Aktentasche. Gerade war ihr ein Funkeln ins Auge gestochen, weil ein künstlicher Sonnenstrahl auf den goldenen Knopf in Oxos Ohr fiel.

»Mir nach, Stanley«, befahl sie. »Unauffällig …«

Die Krieger führten gerade ein ernstes Gespräch mit den Hotelschafen und bemerkten die beiden Menschen nicht, die sich an sie heranschlichen.

»Das steht alles in der *Ballade vom Vlies*«, erklärte Sally. »Die Bestie wird uns alle auffressen, wenn wir sie nicht aufhalten.«

»Ihr Name ist Teufelszunge«, fügte Oxo hinzu. »Ihr müsst fliehen, solange es noch möglich ist.«

»Ja, ja …«, erwiderte eines der grasenden Schafe.

»Wir gehen nie aus«, sagte ein anderes.

Sie grasten weiter.

»Und dann ist da noch Jasmine«, mischte sich Linx mit eindringlichem Tonfall ein. »Ein kleines schwarz-weißes Jacobschaf. Dumm, aber nett. Habt ihr sie gesehen?«

»Nö.« Die Grasfresser fraßen weiter.

Will schaute kurz auf und erblickte Holly.

»Achtung, Sally!«, brüllte er. »Die Klammerpistolenfrau!«

Holly holte aus, aber Sally sprang zur Seite und die Seilschlinge verfehlte sie. Stanley pirschte sich indessen an Oxo heran, wie es ihm seine Frau befohlen hatte.

»Hab ich dich!«, schrie er. Gerade als er sich auf den großen Schafbock warf, öffneten sich die Aufzugtüren und eine Gruppe von Hotelgästen betrat die Wiese aus echtem Gras und brach angesichts der friedvollen ländlichen Idylle in Begeisterungsrufe aus.

Will erkannte die Chance zur Flucht für die Krieger.

»Lauft!«, schrie er. Er raste auf die geöffnete Aufzugtür zu. Linx und Sally folgten ihm auf den Hufen. Oxo drehte sich im Kreis, bockte und stürmte hinter den anderen her, so dass der dürre Mann, der ihn fangen wollte und sich noch immer an sein Fell klammerte, über das Gras geschleift wurde. Oxo drehte den Kopf, um zuzubeißen, aber da ließ der Mann los und kullerte in die Gruppe der Neuankömmlinge.

Der plötzliche Lärm und die unerwarteten dramatischen Ereignisse hatten die Hotelschafe in eine Panik versetzt, welche die Krieger mit ihren eindringlichen Warnungen vergeblich versucht hatten zu wecken. Auch sie rannten. Sie quetschten sich blökend und zitternd hinter Oxo und den übrigen Kriegern in den Aufzug. Und die Tür schloss sich. Vermutlich stellte die Anzahl an Schafen im Lift einen noch nie da gewesenen Rekord dar.

»Was hat die Frau für ein Problem?«, keuchte Oxo wütend und reckte seine Nase aus dem Gedränge an wolligen Rücken heraus.

»Sie ist echt durchgeknallt«, stimmte Linx zu.

»Können wir bitte schnell hier raus?« Wills Stimme war nur ein ersticktes Quieken, das irgendwo aus der Kniegegend der übrigen Schafe hervordrang. »Ich bekomme keine Luft.«

Die Türen glitten auf und das ganze Knäuel blökender Schafe purzelte aus der Kabine. Es blieb keine Zeit, um über die nächsten Schritte zu beraten. Mit einem *Bing* öffneten sich die Türen des zweiten Aufzugs. Die Klammerpistolenfrau und ihr Mann stürzten heraus, gefolgt von der gesamten Gästeschar aus dem fünfunddreißigsten Stock.

Unter Oxos Führung stürmten die Krieger den nächstbesten Korridor entlang. Die Hotelschafe hinterdrein. Sie schlitterten um Ecken und trappelten mit klappernden Hufen Treppen hinunter. Die Klammerpistolenfrau und ihr Mann blieben ihnen dicht auf den Fersen und immer mehr Leute schlossen sich der Jagd an, bis ein gewaltiger Pulk schreiender, lachender Menschen hinter ihnen herhetzte. Die meisten glaubten, es handele sich um eines der Unterhaltungsprogramme, die das Hotel für seine Gäste organisierte.

Oxo hatte keinen Schimmer, wohin er lief. Er raste blindlings drauflos – und stürzte in die Eingangshalle, wo er in einen Kellner krachte, dann in noch einen und noch einen. Silbertabletts segelten durch die Luft. Es regnete Gläser und ihren Inhalt, Sandwiches, Obst und Blumen. Auf dem Boden wurde alles zu einem matschigen Brei zertrampelt.

Den Springbrunnen sah Oxo ebenfalls zu spät. Er hatte keine Möglichkeit mehr, ihm auszuweichen, und pflügte geradewegs durch das Becken, wobei er auf die Düsen trat, so dass Wasser kreuz und quer durch die Lobby spritzte. Die Gäste kreischten, lachten und schlitterten über den rutschigen Boden. Manche jagten unter Geschrei und Gejohle weiter hinter den Schafen her.

Aus dem Augenwinkel bemerkte Oxo plötzlich einen schmalen Durchgang, der versteckt auf einer Seite der Eingangshalle lag.

Er änderte den Kurs, stürmte durch die Tür und kam schaudernd zum Stehen. Er saß auf einem engen Treppenabsatz in der Falle und starrte eine steile Wendeltreppe hinunter.

Die übrigen Krieger schleuderten nach ihm durch die Türöffnung und Oxo musste seine Hufe in den Betonboden stemmen, um nicht die Treppe hinuntergestoßen zu werden.

Die Hotelschafe hatten erst gar nicht versucht ihnen zu folgen. Sie wanderten vor dem Durchgang in der Lobby umher. Sie waren erschöpft, verängstigt und wussten nicht, was sie tun sollten. Warum sie ursprünglich überhaupt etwas tun wollten, hatten sie sowieso schon vergessen.

Holly Bummberg bahnte sich grob einen Weg durch die Schafherde, den Blick fest auf Sally und Oxo gerichtet.

»Jetzt habe ich euch, meine schlauen kleinen Wollbälger«, sagte sie, während sie die Schlinge ihres Lassos überprüfte.

Der silberne Käfig

In der Eingangshalle hinter den Bummbergs bemühte sich der Hoteldirektor, die Ordnung wiederherzustellen.

»Schließt die Türen«, befahl er über sein Walkie-Talkie. »Ich möchte nicht, dass sich dieses Chaos ausbreitet!«

Irgendwo in der Überwachungszentrale des Hotels wurde ein Knopf gedrückt und alle Ein- und Ausgänge der Lobby schlossen sich lautlos.

Holly Bummbergs Kopf prallte mit einem dumpfen *Klonk* gegen das Sicherheitsglas. Stanley stand neben ihr und hoffte, dass es wehtat. Er blickte kurz auf seinen Computer am Handgelenk.

»Liebling«, sagte er eindringlich und versuchte sie auf den Computer aufmerksam zu machen. »Schau, wie wenig Zeit uns bleibt! Diese englischen Schafe sind viel zu schlau. Wie wäre es, wenn wir einfach zwei der Hotelschafe schnappen und uns damit zufriedengeben?«

Holly drückte ihr Gesicht wütend an die Glastür und hämmerte vor Enttäuschung mit den Fäusten dagegen.

»Nein!«, widersprach sie. »Dein bedeutendes Experiment verlangt das Beste. Das hier sind die besten Schafe, und die sollst du bekommen, ob es dir gefällt oder nicht!«

Auf der anderen Seite der Glastür blickten die Krieger Holly blinzelnd an und spähten dann die Wendeltreppe hinunter.

Über dem Chaos ertönte jetzt die ruhige Stimme des Hoteldirektors aus den Lautsprechern: »Meine Damen und Herren! Im Namen des Hotels *English Meadows* möchte ich mich für diesen kleinen, ähm, technischen Zwischenfall entschuldigen. Zu Ihrer eigenen Sicherheit und Annehmlichkeit bleibt die Lobby bis auf weiteres geschlossen. Warum statten Sie nicht unserem berühmten Theater im Kellergeschoss einen Besuch ab? Jeden Augenblick beginnt dort unsere legendäre Mitternachtsshow!«

Holly drehte sich um und packte den Direktor am Arm.

»Ich will nicht in Ihr Theater«, fauchte sie. »Öffnen Sie diese Tür!«

Der Herr befreite sich so höflich wie möglich aus Hollys Griff. »Der Durchgang hier ist nur für Angestellte, gnädige Frau. Wenn Sie kein Interesse an Theater haben, wie wäre es dann mit Football? Die Teufelszunge hat heute Nacht ein spätes Spiel im Stadion von Las Vegas, nur ein paar Blocks entfernt. Der Hoteleingang wird in Kürze wieder geöffnet.«

Er schenkte ihr ein knappes Lächeln und stakste davon, wobei er seinem Personal mit Fingerschnipsen nach rechts und links Befehle erteilte.

Die Schafe verharrten verzagt vor der Wendeltreppe, bis Will schließlich sagte: »Treppe oder Klammerpistolenfrau?«

»Keine Frage«, erklärte Linx. »Die Treppe, Mann. Die hier bewegt sich nicht mal.«

Bei der Erinnerung daran, dass sie schon einmal auf einer Rolltreppe gefahren waren, schrumpfte mit einem Mal die Angst der Krieger. Oxo drängte sich nach vorne.

»Worauf warten wir noch?«, knurrte er.

»Rückwärts! Geh rückwärts!«, schrie Will, aber da war es schon zu spät.

Oxos Vorderhufe traten auf die erste steile, schmale Stufe, wo allerdings kein Platz für seine Hinterhufe war. Er kippte zur Seite und geriet ins Straucheln. Runde um Runde purzelte er die Wendeltreppe hinab bis ganz nach unten.

»Cooler Auftritt!«, lachte Linx, dann warf er sich auf die Seite und stieß sich mit den Hufen ab. »Los, rumpumpeln wir runter!« Und schon polterte er hinab.

Sally folgte als Nächste und Will bildete das Schlusslicht.

»Noch mal?«, fragte Oxo, als sie sich wieder aufrappelten. Doch Will schaute sich bereits um. Sie befanden sich in einem Korridor. Er war eng, kahl und ziemlich dunkel. Am hinteren Ende leuchtete allerdings ein grünes Hinweisschild.

»Bühneneingang«, las Will vor.

»Was heißt das?«, erkundigte sich Oxo.

Will zuckte mit den Schultern. Er wusste es nicht.

»Eingänge sind immer gut. Das sind Türen, klar«, stellte Linx fest. »Vielleicht ist Jasmine dahinter.«

Also folgten sie dem Gang, bogen um eine Ecke und stiegen ein paar Stufen hoch. Hier gab es mehr Licht und Raum sowie mehrere Türen. An einer Seite hing ein imposanter roter Vorhang. Außerdem hörten sie Geräusche. Menschliche Stimmen, viele. Jenseits des Vorhangs. Die Menschen schwatzten lebhaft, aufgeregt, so als ob sie auf etwas warteten.

Will lugte seitlich hinter dem Vorhang hervor. Er blickte in einen schummrigen Saal voller Menschen. Als plötzlich eine laute Stimme durch die Dunkelheit dröhnte, machten die Schafe vor Schreck einen Satz.

»Meine Damen und Herren … lehnen Sie sich zurück, machen Sie es sich bequem und lassen Sie sich verzaubern! Bitte begrüßen Sie mit mir die großartige, einzigartige und bestgekleidete Zauberin von ganz Las Vegas: Madame Gloria Fantutti!«

Der riesige Vorhang glitt raschelnd zur Seite und Will musste zurückspringen, um nicht entdeckt zu werden. Geblendet verharrten er und die übrigen Krieger, als die Fläche vor ihnen, die bislang der Vorhang verborgen hatte, in grelles, weißes Licht getaucht wurde.

Eine Frau erschien in dem Lichtkegel. Eine Frau in einem blauen Kleid und behängt mit Unmengen von Schmuck. Sie breitete die Arme aus und strahlte das Publikum an, bis der Applaus und die Begeisterungsrufe verebbten.

»Meine Damen und Herren ...«, gurrte sie in ein Mikrofon. »Heute Nacht möchte ich Sie wahrhaftig in Staunen versetzen. Heute Nacht werde ich Sie in ungeahnte Welten der Magie entführen ...«

Sie sah nach oben und ein Scheinwerfer folgte ihrem Blick zu einem Ding, das von der Decke herabhing. Es war ein silberner Käfig, der mit einem funkelnden blauen Tuch bedeckt war.

Aus dem Orchester, das irgendwo unterhalb der Scheinwerfer saß, ertönte ein Trommelwirbel und der silberne Käfig wurde zu Madame Fantutti hinuntergelassen. Er drehte sich langsam um sich selbst, während er herabschwebte.

»Heute Nacht ...«, verkündete sie, »werde ich vor Ihrer aller Augen ... nein, nicht etwa ein schönes junges Mädchen zersägen – das haben Sie alle schon einmal gesehen. Nein, ich werde ein sehr viel schwierigeres Unterfangen wagen. Etwas, wozu noch niemand den Mut hatte.«

Mit einer ausladenden Handbewegung griff sie nach oben und riss das Tuch vom Käfig. Dem Publikum stockte der Atem. Den Kriegern erging es nicht anders. Denn in dem Käfig stand, schlotternd vor Angst, mit Silberglitter-gepudertem Fell und einer blauen Schleife um den Hals, Jasmine.

»Heute Nacht werde ich ... ein Schaf zersägen!«

Madame Fantutti holte ein riesiges silbernes Schwert hervor und stieß es in den Bühnenboden, wo es zitternd stecken blieb. Jasmine in ihrem Käfig zitterte ebenfalls.

»Beweg dich nicht, du Flohfänger«, zischte ihr Madame Fantutti aus dem Mundwinkel zu.

Eine kleine silberne Kiste wurde auf die Bühne gerollt, aus der Madame Fantutti einen Kohlkopf entnahm. Sie schleuderte ihn in die Luft, und als er wieder herabfiel, griff sie nach dem Schwert und spaltete den Kohlkopf sauber in zwei Teile. Das Publikum japste.

Die Krieger schluckten.

Zwei Bühnenarbeiter, die neben den Schafen warteten, schluckten ebenfalls. Sie trugen schwarze Jeans und schwarze Pullis und ihre Aufgabe bestand darin, zwischen den einzelnen Darbietungen die Requisiten wegzuräumen beziehungsweise neue auf die Bühne zu bringen.

»Mensch, ich glaube nicht, dass ich das mit ansehen kann«, flüsterte die schwarz gekleidete Frau ihrem Kollegen zu.

»Ich auch nicht«, wisperte er zurück. »Die ist wahnsinnig. Ich meine, Gemüse zu zerhacken ist eine Sache …«

»Aber was sollen wir tun?«, fragte sie. »Zusehen, wie sie das Tier wie eine Karotte in Scheiben schneidet?«

»Es war ein Kohlkopf.«

»Das ist echt nicht witzig.«

Die Frau blickte auf die Schafe hinunter, die neben ihr angespannt das Geschehen verfolgten. Vielleicht waren sie als Nächstes dran?

Ein weiterer Trommelwirbel lenkte die allgemeine Aufmerksamkeit wieder auf die Bühne.

Madame Fantutti hatte sich der silbernen Kiste auf Rollen zugewandt, kippte sie leicht vornüber in Richtung Publikum und öffnete den Deckel

»Wie Sie sehen …«, erklärte sie, »… ist die Kiste völlig leer. Und bietet gerade genug Platz für ein kleines Schaf …«

Während sie sprach, wurde der silberne Käfig noch weiter heruntergelassen. Madame Fantutti klappte die Tür auf und eine Sekunde später hielt sie Jasmine in die Höhe.

»Das Tier ist absolut echt, wie Sie sehen«, sagte sie ins Publikum. Sie schob Jasmine in die silberne Kiste und drückte sie auf den Boden, so dass sie flach auf dem Bauch lag. Ihr Kopf und die Vorderhufe ragten aus Löchern vorne in der Kiste, ihre Hinterhufe aus Öffnungen am hinteren Ende.

»Es gibt kein Entrinnen, du dämliches Schaf«, höhnte Madame Fantutti leise, als sie den Deckel schloss. »Die Kiste ist ausbruchsicher.«

Sie hob den Blick und strahlte das Publikum an. Dann brachte sie die Kiste auf Rollen zum Kreiseln und hob erneut das Schwert.

»Worauf warten wir noch?«, knurrte Oxo und wollte auf die Bühne stürmen, aber Will hielt ihn eilig zurück.

»Dann tötet sie dich«, wisperte er schroff.

Die Bühnenarbeiter starrten Madame Fantutti an. »Wir *müssen* irgendwas unternehmen«, drängte die Frau.

»Solange sie das Schwert in der Hand hält, tu ich gar nichts«, murmelte der Mann.

Will spürte plötzlich die Anwesenheit einer weiteren Person neben ihnen. Es war der Hoteldirektor.

»Geht raus auf die Bühne und haltet sie auf!«, befahl er den beiden Bühnenarbeitern. »Holt sie von dem Tier weg! Bringt sie von der Bühne! Und lasst es so aussehen, als würde es zur Darbietung gehören.«

Er wandte sich ab und hielt sich mit beiden Händen den Kopf. Er kannte Madame Fantutti und wusste, dass er das Unmögliche verlangte. Sie war eine großartige Zauberin, manchmal. Wahnsinnig war sie immer. Insbesondere, wenn sie ein Schwert in der Hand hielt.

Ein weiterer Trommelwirbel ertönte.

Die Bühnenarbeiter standen wie angewurzelt da und zitterten vor Angst. Will blickte die anderen Krieger eindringlich an.

»Wir sind gefragt«, flüsterte er. »Wir müssen die Frau von Jasmine wegbekommen, und zwar ohne dass jemand anderes getötet wird. Wir müssen sie ablenken … sie verwirren …« Er holte einmal kurz Luft. »Linx, geh raus auf die Bühne und sing!«

»Und jetzt …«, rief Madame Fantutti dramatisch und reckte das Schwert in die Höhe.

Aber statt angstvoller Japser in Erwartung des spannenden Augenblicks vernahm sie Kichern. Sie verharrte. Das Schwert hielt sie noch immer mit beiden Händen hoch über ihren Kopf. Sie warf einen raschen Blick zur Seite: Vier weitere Schafe stürzten auf die Bühne und kamen schlitternd neben ihr zum Stehen. Eines von ihnen wippte mit seinem lockigen Kopf und klopfte mit dem Vorderhuf einen Takt. Dann begann es, rhythmisch zu blöken. Die anderen Schafe schienen das nachahmen zu wollen.

»Sicherheitsdienst!«, kreischte Madame Fantutti. »Sorgt dafür, dass die Wollbälger aus meiner Show verschwinden!«

Aber während die Dame noch kreischte, begann Linx zu rappen.

»Hey, Jassie, Blau steht dir gut, gar keine Frage,
Aber wir, wir lieben dich in *jeder* Farbe und Lage!
Mit dem Glitter im Fell

Kannst du dich wohl vor Dates kaum retten,
Hast du deine Kumpel vergessen?
Was, wenn wir dich nicht hätten!«

»Vlies on, Vlies on, Vlies on, Vlies on …«, sangen die anderen Schafe hinter ihm, in der Hoffnung, einen coolen Gegenrhythmus gefunden zu haben. Linx nickte anerkennend.

Das Schwert war zu schwer. Madame Fantutti konnte es nicht länger über ihrem Kopf halten und ließ es neben sich sinken. Die Bühnenarbeiter zitterten jetzt nicht mehr, flitzten schnell hinter ihrem Rücken auf die Bühne und versetzten der silbernen Kiste auf Rollen einen so heftigen Stoß, dass sie außer Reichweite trudelte.

»Du weißt doch Bescheid, wir sind auf einer Mission,
Der Weg ist noch weit, Rückzug keine Option.
Teufelszunge lauert da draußen, wo die Sonne brennt,
Hey, wie sollen wir ihn besiegen, wenn man uns trennt?«

»Vlies on, Vlies on, Vlies on, Vlies on …«

Das Publikum verstand kein Wort, aber genoss jede Sekunde. Die Leute begannen mit den Füßen zu wippen und mitzuklatschen. Die silberne Kiste auf Rollen, die um die Bühne kreiselte, verfolgt von den beiden Arbeitern und der Zauberin, die ihr Schwert schwang, machte das Spektakel nur noch lustiger.

»Wir brauchen dich, Jassie, ohne dich geht's einfach nich'.
Wenn du uns verlässt, wär unsere Trauer unermesslich!
Also, Jassie, hör zu, ich will dich ja nicht drängen,
Aber bleib bei der Gäng, lass uns jetzt nich' hängen.«

»Vlies on, Vlies on, Vlies on, Vlies on …«

Die Zuschauer flippten aus! Sie sprangen auf, stampften mit den Füßen und klatschten.

»Weiter!«, schrien sie. »Weiter!«

Oxo ergriff blitzschnell die Chance, die sich ihm bot: Er schoss aus der Reihe der Backgroundsänger hervor und rammte seinen Schädel mit Wucht in Madame Fantutti, als sie – der Kiste und den Bühnenarbeitern auf den Fersen – an ihm vorüberstolperte. Es riss der Zauberin die Füße weg. Das Schwert flog ihr aus der Hand und schlitterte über den Boden. Der Direktor flitzte herbei und schnappte es sich unter dem anerkennenden Gejohle des Publikums. Die beiden Arbeiter ergriffen indessen Madame Fantutti und trugen sie von der Bühne, wobei sie immer noch darum bemüht waren, es wie eine geplante Showeinlage wirken zu lassen.

Oxo setzte zu einer zweiten Attacke an. Diesmal nahm er die silberne Kiste ins Visier. Sie kippte um und Jasmine krabbelte heraus.

»AchduliebesGras … achduliebesGras … achduliebes… dankedankedanke …«, schluchzte sie, als sie zu den anderen Kriegern rannte, die immer noch sangen.

»Wir sind edle Schafe und Krieger,
Wie das Vlies prophezeite.
Bei uns gilt: Einer für alle und alle für einen,
Seite an Seite.
Verdammt weit hat uns die Losung schon gebracht.
Leute, unser Rap ist jetzt zu Ende. Gute Nacht!«

»Weiter!«, johlte das Publikum. »Weiter!«

»Noch eine Zugabe?«, fragte Linx hoffnungsvoll.

Aber es war an der Zeit, sich aus dem Staub zu machen. Oxo versetzte Linx einen sanften Stups und nach einer knappen Verbeugung eilte er hinter den anderen her von der Bühne. Sie flüchteten durch den nächstbesten Korridor, dann bogen sie in einen weiteren Gang ab, rannten um immer mehr Ecken, ohne sich einmal umzudrehen. Endlich las Will das Wort »Notausgang«. So wie er die Lage beurteilte, waren sie in Not. Und was ein Ausgang war, wusste er auch. Er stellte sich auf die Hinterbeine und schlug mit seinen Vorderhufen gegen den Metallriegel. Die Tür sprang auf und die Schafe taumelten hinaus in die weiche, heiße Nacht hinter dem Hotel.

Eine Weile rang der Trupp, dicht zusammengedrängt, um Luft. Aus den Tiefen des Kellergeschosses konnten sie noch immer das Publikum – *ihr* Publikum – klatschen und jubeln hören.

»AchduliebesGras … achduliebesGras …«, blubberte Jasmine. »Es tut mir … sooo leid …«

Die übrigen Schafe leckten sie tröstend ab und rissen ihre blaue Schleife herunter.

»Vlies on, Vlies on, Vlies on, Vlies on …«, rief Sally schnaufend.

»Vlies on und auf geht's!«, erklärte Oxo.

Und die wiedervereinten Krieger erhoben sich zu einem allgemeinen High Huf.

Die Raststätte Zum Prallen Burger

Die Bummbergs saßen nervös und hibbelig in der Lobby fest und warteten darauf, dass die Türen wieder geöffnet wurden. Eine Heerschar an Reinigungskräften leistete Schwerstarbeit, aber der Saal bot noch immer ein Bild der Verwüstung. Holly Bummberg akzeptierte kein Chaos. Und keine Niederlage. Sie kickte ein durchweichtes Sandwich mit dem Fuß beiseite.

»Stanley, wir müssen unseren Plan ändern«, verkündete sie scharf.

»Wir vergessen die englischen Schafe und besorgen uns ein paar andere?«, wagte er vorzuschlagen.

»Kommt nicht in Frage! Die hier sind einfach perfekt für unsere Zwecke.«

»Aber Liebling …« Stanley versuchte erneut ihr die Anzeige auf seinem Minicomputer zu zeigen. »Siehst du die Nachricht hier? Mein Team wartet. Es benötigt die Tiere *jetzt*. Alles andere ist überprüft und bereit.«

»Sollen sie warten«, fuhr Holly ihn an. »Ich lasse mich nicht von einer Bande Schafe in die Knie zwingen!« Sie hielt einen Moment lang inne und dachte nach. »Und außerdem sind *die* Schafe bereits ausgerüstet, schon vergessen? Oder hast du etwa noch weitere Sensoren?«

»Also …«

»Nein, hast du nicht. Und die Sensoren sind von höchster Wichtigkeit. Und damit basta!« Sie zermalmte ein weiteres Sandwich unter ihrem Fuß zu einem schmierigen Brei. »Du musst die Kamera aktivieren.«

Der Professor blickte sie verblüfft an. »Die Kamera?«

»Ja, mein Lieber, du weißt doch: Damit macht man Bilder. Bilder von Dingen. Von Orten. Von *Schafen*.«

»Aber sie ist noch nicht für die Inbetriebnahme programmiert … sie könnte ausbrennen und das ganze Vorhaben –«

»Das ganze Vorhaben ist gestorben, wenn du sie jetzt *nicht* aktivierst!«

Stanley seufzte und im selben Moment öffneten sich die großen Schiebetüren des Hotelportals. Die Verfolgungsjagd ging weiter.

Die Krieger trotteten durch das Stadtzentrum von Las Vegas, als Oxo ein schwaches Rauschen in seinem Ohr wahrnahm. Er begriff schließlich, dass es etwas mit dem goldenen Knopf zu tun haben musste, denn der war mit einem Mal warm und es juckte ihn ein bisschen.

Oxo bemühte sich, das zu ignorieren und kein Aufhebens darum zu machen.

»Wohin gehen wir?«, erkundigte sich Jasmine mit kleinlauter Stimme. Sie schämte sich immer noch.

»Wir suchen nach der Teufelszunge, Mann«, erklärte Linx, aber nicht unfreundlich.

Will blieb plötzlich stehen. »Ich glaube, die ist längst weg.«

»Was?«, schrie Oxo. »Nicht schon wieder!«

Will nickte. Er blickte auf eine riesige Tafel mit roter Leuchtschrift, die gerade an einem Gebäude vor ihnen zu blinken begonnen hatte.

»Da steht: ›Teufelszunge hat es wieder geschafft‹«, sagte er.

»Was, wieder zu schlachten?«, fragte Oxo.

»Vermutlich«, erwiderte Will.

Ein weiterer Schriftzug flackerte auf und er las ihn vor.

»Auf Wiedersehen, Las Vegas. Wir kommen, Aries End!«

Sally, die ein Stück hinter den anderen zurückgeblieben war, sackte auf dem Gehsteig zusammen. Hitze, Erschöpfung und das lange Aufbleiben hatten sie übermannt.

»Es hat keinen Zweck, meine Lieben«, hauchte sie und Tränen stiegen ihr in die Augen. »Ihr müsst wohl ohne mich weitergehen …«

»Kommt nicht in Frage«, widersprach Oxo. »Einer für alle und alle für …« Er sah Sally an, dann erstarrte er. »Und alle rennen!«, brüllte er.

Die anderen blickten auf und wussten, was er meinte. Die

Klammerpistolenfrau schlich sich schon wieder an sie heran. Ihr Mann trug das Seil.

Oxo schubste Sally mit den Hörnern auf die Beine und sie galoppierten um die nächste Straßenecke.

»Alter Schwede«, keuchte Linx, »die Frau gibt echt nie auf …«

Es war nicht einfach für Professor Bummberg, im Laufschritt um Straßenecken zu biegen und gleichzeitig seinen Computer im Auge zu behalten, vor allem, weil seine Frau ihn ständig weiterzerrte.

»Wo sind sie jetzt, Schatz?«, fragte Holly. »Wo sind sie jetzt?«

»Sie sind gerade an einem Auto vorbeigelaufen«, schnaufte der Professor.

Das war nicht sonderlich hilfreich in einer Stadt, in der es mehr Autos als Menschen gab. Holly blieb kurzerhand stehen und griff nach dem Handgelenk ihres Mannes, um selbst auf den Computer zu schauen. Auf dem winzigen Bildschirm sah man einen Film, wie den einer Überwachungskamera. Sie erkannte Autos und einen Gehsteig, dann das Hinterteil eines Schafs und schließlich ganz kurz ein Straßenschild.

»Sie sind in den Rhinestone Boulevard abgebogen!«, schrie sie.

Die Schafe rannten immer noch im Galopp.

»Wir haben sie abgehängt!«, rief Oxo. »Ups, nein! Doch nicht!«

Vor ihnen waren die Bummbergs aufgetaucht. Die Krieger wichen zurück und schlitterten seitlich in eine schmale Passage. Aber egal wie viele Haken sie schlugen, wie schnell sie im Zickzack hierhin und dorthin abbogen, die Klammerpistolenfrau schien immer genau zu wissen, wo sie sich befanden. Und Sally quälte sich mit letzter Kraft voran. Sie atmete stoßweise und keuchend, ihre Flanken bebten sogar noch heftiger als in der Wüste.

»Sie ist am Ende, Leute …«, warnte Linx.

Die Krieger befanden sich mittlerweile auf einem riesigen Parkplatz vor einem hohen kreisförmigen Gebäude, über dem gewaltige Scheinwerfer strahlten. Reihen von Bussen warteten. Einer von ihnen hatte einen roten Anhänger, und dessen Doppeltür am Heck stand offen. Will hechtete hinein.

»Hier rein! Los!«, japste er.

Die anderen Schafe sprangen hinterher. Oxo und Linx mussten Sally mit ihren Köpfen hineinschieben. Dann zog Will mit den Zähnen die Türen zu.

»Kein Mucks!«, flüsterte er in die Dunkelheit.

Die Krieger verhielten sich so leise wie möglich. Ihre Herzen pochten heftig. Bald vernahmen sie Schritte, die sich hastig näherten. Die Schritte wurden langsamer und schließlich stoppten sie direkt neben ihnen.

Stanley stützte sich erschöpft auf den Anhänger. Seine Beine zitterten. Er war es nicht gewohnt zu rennen.

»Wo sind sie hin?«, blaffte ihn seine Frau an.

Stanley hielt ihr sein Handgelenk mit dem Computer vor die Nase. Der Bildschirm war schwarz.

»Kameras funktionieren nicht besonders gut im Dunkeln«, schnaufte er rasch, bevor sie anfing zu zetern.

Seine Geduld ging ihm ebenso schnell aus wie die Puste. Es musste doch einen einfacheren Weg geben, seine Projekte zu finanzieren, als mit dieser außerordentlich reichen und außerordentlich herrischen Frau zusammenzuleben. Vielleicht könnte er ein oder zwei Banken überfallen? Hollys Stimme bereitete seinen Träumereien ein abruptes Ende.

»Sie müssen ins Stadion gelaufen sein. Zu den Spielertunneln geht es da drüben. Los, komm …«

Die Schafe hörten, wie die Menschenstimmen sich entfernten. Sie verharrten noch ein paar Sekunden reglos und angestrengt lauschend. Schließlich entspannten sie sich. Doch ausgerechnet da flogen die Türen des Anhängers auf. Etwas Schweres flog über ihre Köpfe hinweg und landete mit einem Rums hinter ihnen auf dem Boden. Eine Sporttasche. Und noch eine … und noch eine. Die Krieger duckten sich und wichen zurück.

»Achduliebes…«

»Pst!«, schnitt Will Jasmine das Wort ab.

Nach den Sporttaschen hagelte es verdreckte Schuhe und schließlich folgte ein Football, der von Oxos Kopf abprallte. Mehrere Männer unterhielten sich aufgeregt mit lauten Stimmen.

»Noch was für den Hänger?«, brüllte jemand.

Niemand antwortete und so wurden die Türen zugeschlagen.

Der Anhänger wackelte ein wenig, als die Männer vorne in den Bus stiegen. Dann vibrierte er, während der Busfahrer langsam rückwärts aus der Parkbucht fuhr. Doch plötzlich bremste er abrupt. Die Krieger vernahmen vertraute schnelle Schritte und eine wohlbekannte Stimme. Sie hielten abermals den Atem an.

»Entschuldigen Sie! Hallo, Entschuldigung! Halt!«

»Gehalten habe ich bereits, Lady.«

Der Busfahrer blickte auf die chic gekleidete Frau mit dem Seil in der Hand, die einen gereizten Eindruck machte. Sie war in Begleitung eines dürren, schmuddeligen Männchens mit verschwitztem rotem Gesicht.

»Wir suchen nach einer Schafherde«, erklärte die Frau atemlos. »Haben Sie sie gesehen?«

»Nein, ich hab schon Schweine fliegen sehen, aber keine Schafe. Versuchen Sie es im Hotel *English Meadows*, zwei Blocks nördlich.« Dann setzte er das Ausparkmanöver fort.

Holly Bummberg trat hastig beiseite, aber als der Bus neben ihr einschwenkte und langsam losfuhr, fiel ihr ein Büschel Wolle auf, das sich zwischen den Türen des Anhängers verfangen hatte.

»Halt!«, brüllte sie. »Kommen Sie zurück! Sie haben unsere Schafe!«

Sie hetzte hinter dem abfahrenden Bus und seinem Anhänger her. Der Fahrer sah sie im Rückspiegel und trat aufs Gaspedal.

»In Vegas begegnen dir schon manchmal sehr seltsame Vögel …«, grummelte er.

Holly trat auf die Straße, um ein Taxi anzuhalten.

»Folgen Sie dem Bus!«, befahl sie und schubste Stanley auf den Rücksitz.

Der Taxifahrer diskutierte erst gar nicht. In Vegas begegnen dir schon manchmal sehr seltsame Vögel.

Stanley blickte nach vorne durch die Windschutzscheibe und konnte deutlich den schwarzen Aufdruck auf der Tür des roten Anhängers lesen:

TEUFELSZUNGE

»Na, so was«, sagte er und klang gleich munterer. »Wer hätte das gedacht …«

»Was?«, wollte Holly wissen.

»Das ist der Teambus«, erklärte Stanley. »Der Bus *meines* Footballteams. Ich wüsste gern, wie es heute Abend gespielt hat.«

Holly warf ihm einen Blick zu. Sie würde nie die alberne Besessenheit verstehen, mit der ihr Mann für American Football und die Teufelszunge schwärmte. Sie lehnte sich vor und starrte auf den Anhänger, als wollte sie ihn mit reiner Willenskraft zum Anhalten zwingen.

Die Krieger wurden indessen hin und her geworfen.

»Setzt euch hin, Leute!«, schrie Will.

Sie zwängten sich zwischen das Durcheinander aus Taschen und Schuhen. Eine der Taschen war aufgegangen und der Inhalt hatte sich in der Dunkelheit auf dem Boden verteilt.

»AchduliebesGras …«, klagte Jasmine. »Was ist das für ein Gestank?« Sie schubste ein Paar schweißnasser Socken von ihrer Nase weg. »Igitt!«

Trotzdem war der Geruch weniger schlimm als Madame Fantuttis Parfum.

Der Bus mitsamt dem Anhänger fuhr schaukelnd auf dem Highway weiter und ließ die funkelnde Glitzerwelt von Las Vegas hinter sich. Die Schafe rätselten, wohin die Fahrt wohl ging, und versuchten ihr Magenknurren zu überhören.

Im Morgengrauen bog der Fahrer vom Highway ab und machte auf dem Vorplatz der Raststätte *Zum Prallen Burger* halt.

»Frühstückspause!«, rief er.

Die hungrigen Footballspieler polterten aus dem Bus. Jemand riss mit einem Ruck die Türen des Anhängers auf, kramte in einer Sporttasche nach einer Zahncremetube und rannte dann den anderen nach, ohne die Türen wieder zu schließen.

Die Krieger reckten vorsichtig die Köpfe aus dem Wust an Taschen heraus.

»Lasst uns mal aussteigen. Vielleicht finden wir heraus, wo wir sind«, schlug Will vor.

»Was ist mit der Klammerpistolenfrau?«, warf Sally ein.

Will sprang aus dem Anhänger.

»Die haben wir in Las Vegas stehen lassen«, antwortete er.

Die anderen kletterten ebenfalls ins Freie und vertraten sich die Beine. Währenddessen kam ein Taxi auf den Parkplatz gefahren und für den Bruchteil einer Sekunde umrahmte der Lichtkegel der Autoscheinwerfer die Schafe wie eine Fotografie.

Das Taxi blieb stehen und Stanley blickte von seinem Minicomputer auf. Es machte wohl nicht viel Sinn, auf den Bildschirm zu starren, wenn die Schafe genau vor ihnen standen – und nur darauf warteten, eingefangen zu werden. Holly zerrte an der Wagentür, aber sie war verriegelt.

»Wären Sie so freundlich, uns aussteigen zu lassen?«, forderte sie.

»Wären Sie so freundlich, mich zu bezahlen?«, entgegnete der Fahrer milde. »Verzeihen Sie, dass ich Sie darum bitte. Das ist nur so eine dumme, altmodische Angewohnheit von uns Taxifahrern.«

Er tippte auf den Taxameter.

»Schon gut, schon gut …«

Holly wühlte wild in ihrer Aktentasche, aber der Taxifahrer wollte keine ihrer fünfundzwanzig Kreditkarten.

»Tut mir leid«, erklärte er, »ich nehme kein Plastikgeld.«

Holly wurde wütend. Sie verlor die Schafe aus den Augen. »Stanley! Gib dem Mann sein Geld!«

»Ja, Liebling …«

Aber Stanley musste sämtliche Taschen durchsuchen, um die Summe zusammenzuklauben, und bis die Bummbergs endlich das Taxi verlassen durften und der Fahrer mit einer Handvoll zerknüllter Dollarscheine und Münzen ausstieg, um frühstücken zu gehen, waren die Schafe wie vom Erdboden verschluckt.

»Reg dich nicht auf, Liebling …«, beschwichtigte sie der Professor, der das Gefühl hatte, ausnahmsweise einmal das Sagen zu haben. Er zeigte Holly den Minicomputer. »Ich hab sie. Sie stöbern auf dem Hof zwischen den Mülltonnen herum.«

Die Krieger waren um das Rasthaus herumgegangen und Will suchte nach einem Indiz, das ihm verriet, wo sie sich befanden. Alle anderen suchten nach Futter.

Oxo stieß mit dem Kopf gegen eine der Mülltonnen, nicht nur, weil er hungrig war, sondern auch, weil ihn der Goldknopf im Ohr ständig zwickte und damit in den Wahnsinn trieb.

»AchduliebesGras! Jetzt blutest du!«, rief Jasmine. Aber Oxo schlug mit dem Kopf weiter gegen die Tonne.

Überraschend kam eine Kellnerin, die ihnen von der Küchentür aus zugesehen hatte, mit schnellen Schritten herüber.

»Stört dich das Ding da?«, fragte sie, packte Oxos Ohr und

betrachtete den Goldknopf. »Wer tut einem wehrlosen Tier so etwas an?«

Sie löste die Klammer mit ihrer Küchenschere und entfernte den Knopf.

»Besser?«, erkundigte sie sich und zeigte Oxo den Sensor auf ihrer Handfläche.

Oxo vergrub seine Schnauze in ihrer Hand und schnappte sich den Goldknopf. Er kaute ein-, zweimal darauf herum, dann schluckte er ihn. Die Kellnerin lachte und kehrte in die Küche zurück.

»Warum um Aries willen hast du das getan?«, fragte Will.

Oxo zuckte abwehrend mit den Schultern. »Wahrscheinlich aus Gewohnheit. Ich meine, wenn Menschen ihre Hand ausstrecken, ist da normalerweise etwas Fressbares drin, oder nicht?« Er wackelte mit dem Ohr. »Wie auch immer, es fühlt sich auf jeden Fall großartig an. Wo gehen wir jetzt lang?«

»Ähm, da lang«, sagte Will.

Er deutete mit einer Kopfbewegung auf einen schmalen, steinigen Weg, einen Wanderpfad, der hier hinter der Raststätte seinen Ausgang nahm und in die hügelige Wüstenlandschaft führte. Ein kleiner hölzerner Wegweiser stand daneben.

»Darauf steht ›Abkürzung nach Aries End‹«, erklärte er.

»Auf kürzestem Weg in den Untergang?«, erkundigte sich Oxo misstrauisch.

»Aries End ist bestimmt nur ein Ortsname«, erklärte Will.

»Wir sollten die Abkürzung nehmen. Der Highway führt wahrscheinlich auch dorthin, aber wir brauchen länger.«

»Warum war Aries End gleich noch mal so wichtig, Liebes?«, erkundigte sich Sally.

»Weil die Teufelszunge dort als Nächstes auftaucht, klar!«, erklärte Linx aufgeregt.

»Jep«, stimmte Oxo zu. »Dort treffen wir zum Showdown aufeinander. Also, lassen wir ihn nicht warten.«

Und im Galopp übernahm er die Führung und stürmte den schmalen, gewundenen Pfad hinauf.

Die Bummbergs waren hinter dem Rasthof vor den Mülltonnen stehen geblieben und der Professor starrte irritiert auf den Minicomputer.

»Wir haben schon wieder kein Bild mehr«, murmelte er.

»Wir *brauchen* auch kein Bild mehr, Stanley. Sie sind irgendwo hier hinter den Tonnen!«

Aber da waren sie nicht. Als Holly leise mit dem Lasso in der Hand auf die andere Seite der Müllbehälter schlich, erwartete sie dort lediglich das Morgengrauen über der Wüste.

»Das ist unglaublich …« Der Professor blickte noch immer gebannt auf den Bildschirm. »Sie befinden sich in irgendeiner merkwürdigen, wabbeligen Höhle voller Matsch!«

Seine Frau hatte einen Geistesblitz. »Die Tonnen!«, schrie sie. »Sie müssen da drin sein! Hilf mir, sie umzukippen!«

Als Erstes nahmen sie sich den Biomüll vor. Sie stemmten

den schweren Behälter gegen einen Randstein und kippten ihn um.

»Hey, was machen Sie denn da?«, schrie die Kellnerin aus der Küche herüber.

Die Antwort war klar: Sie richteten eine schreckliche Sauerei für nichts und wieder nichts an. Und Hollys schicke Schuhe ruinierten sie dabei auch noch. Die Tonne war in der Tat voller Matsch. Und der ergoss sich über den Asphalt und schwappte gegen Professor Bummbergs Hosenbeine. Aber Schafe fanden sie zwischen den Hamburgerresten und der Eiscreme vom Vortag nicht.

Als die Kellnerin energisch auf sie zumarschierte, hörte Holly, wie ein Motor angelassen wurde. Sie fuhr herum. Und hatte einen weiteren Geistesblitz.

»Der Hänger! Aber natürlich! Sie sind wieder in dem Hänger!«

Sie raste hinter dem anfahrenden Bus her, bekam die Tür des Anhängers zu fassen und riss sie auf. Sobald sie hineingehechtet war, drehte sie sich um, packte Stanleys ausgestreckten Arm und zog ihn zu sich. Der Professor landete auf der Nase, und als der Bus mitsamt dem Anhänger auf den Highway einbog, hingen seine Beine immer noch aus der offenen Tür. Holly wühlte bereits zwischen den Sporttaschen.

»Sie müssen hier irgendwo sein …«, murrte sie. »Ich kann sie *riechen!*«

Der Professor nahm allerlei Gerüche wahr, insbesondere an

seiner Hose. Er richtete sich mit wackeligen Beinen auf und stieß sich den Kopf am Dach des Anhängers.

»Sie *waren* hier, Liebling«, sagte er zähneknirschend. »Waren.« Er starrte fassungslos auf den Minicomputer, der jetzt ein Bild zeigte, das an das Innere eines aktiven Vulkans erinnerte.

Der Bus brauste mittlerweile auf dem Highway mit ordentlichem Tempo dahin und die Footballplayer sangen: »Die Teufelszunge, Teufelszunge, unterwegs nach Aries End! Aries End! Die Teufelszunge zeigt es allen! Wir sind unterwegs nach Aries End!«

Nach und nach wurden die Spieler allerdings auf ein Gepolter und Gezeter im Anhänger aufmerksam. Der Fahrer machte am Straßenrand halt und alle stiegen aus, um nachzusehen.

»Wir waren lediglich auf der Suche nach unseren Schafen«, erklärte Holly förmlich, als sie herausglitt und Stanley hinter sich herzog.

»Was ist das für ein Theater mit Ihnen und den Schafen, Lady?«, wollte der Fahrer wissen.

»Sie waren hier! Riechen Sie das nicht?«, erwiderte Holly.

Die Spieler schnüffelten.

»Das sind Daves Socken!«, rief einer von ihnen lachend und schlug die Tür zu.

Stanley gelang es gerade noch, einige Spieler um ein Autogramm zu bitten, bevor der Busfahrer sie drängte, wieder einzusteigen.

»Ich bin ein großer Fan«, hauchte der Professor und nahm seine Taschenausgabe von *Physik für Superhirne* wieder entgegen, auf der er sie hatte unterschreiben lassen.

»Stanley!« Seine Frau marschierte bereits mit großen Schritten am Straßenrand entlang zurück zur Raststätte *Zum Prallen Burger*. Der Professor eilte schuldbewusst hinterher.

Die Kriegerschafe befanden sich mittlerweile auf dem Weg nach Aries End. Nach der holprigen Fahrt in dem dunklen Anhänger genossen sie die frühe Morgensonne, die ihnen den Rücken wärmte. Alle bis auf Oxo.

Oxo fühlte sich nicht gut. Es kam selten vor, dass er es bereute, etwas gefressen zu haben, aber seit er den Goldknopf verschluckt hatte, waren seine Mägen in Aufruhr. Schließlich stolperte er und setzte sich auf den unbefestigten Pfad. Seine Flanken zitterten.

»Geht es dir gut, mein Junge?«, erkundigte sich Sally.

»Selbstverständlich«, antwortete Oxo.

Er rappelte sich auf die Beine und wankte weiter, doch schon ein paar Minuten später saß er wieder.

»Wir machen besser eine Pause, was?«, sagte Linx. »Da oben ist ein bisschen Schatten.«

Das kleine Fleckchen Schatten etwas oberhalb des Wegs wurde von einem ramponierten alten Laster geworfen. Zwei

Männer in staubigen Klamotten und Stiefeln gruben nicht weit davon entfernt im Wüstenboden herum. Sie hatten die Schafe nicht bemerkt.

»Wir verschwenden unsere Zeit, Opa«, sagte der Jüngere der beiden und hielt inne, um sich den Schweiß aus dem Gesicht zu wischen. »Hier ist kein Gold.«

Der ältere Mann buddelte weiter. »Und ob es hier irgendwo Gold gibt, Brad …«, widersprach er. »Die Karte von Jumpy Joe ist eindeutig, vielleicht eine Meile hin oder her …«

»Aber Jumpy Joe ist schon vor hundert Jahren nie auf Gold gestoßen. Wie sollen wir heute was finden?«

»Indem wir darauf *vertrauen*, Junge!«, schnaufte der Alte. »Du musst daran glauben. Und graben. Hol noch mal die Karte.«

Brad ließ seine Schaufel fallen, wandte sich in Richtung Laster und blieb stehen.

»Hey, Opa …«, sagte er verblüfft. »Sieht so aus, als ob unser Mittagessen eingetroffen wäre.«

Die beiden Männer starrten den kleinen Trupp Schafe an.

»Na, so was, da wird doch der Hund in San Francisco verrückt!«, rief der Alte lachend. »Wo kommt ihr denn her?« Dann erstarb sein Lächeln. »Eines der armen Viecher sieht krank aus«, stellte er fest.

Das größte der Schafe schwankte besorgniserregend hin und her. Es erreichte gerade noch den Schatten neben dem Laster – dann ging es in die Knie und brach zusammen.

Goldfieber

Als Oxo keuchend im Schatten lag, merkte er, dass er sich übergeben musste.

»'tschuldigung …«, nuschelte er und schleppte sich auf die andere Seite des Lasters.

Der goldene Knopf kam in einem klebrigen, stinkenden Schwall aus angekautem Plastikgras heraus.

»Hier, Kumpel, trink was …«

Überrascht nahm Oxo den alten Mann wahr, der neben ihm in die Hocke ging. Er goss etwas Wasser in seinen umgedrehten Hut und hielt ihn ihm vor die Schnauze. Ein jüngerer Mann stand ganz in der Nähe. Oxo schlürfte dankbar einige Mundvoll Wasser und trottete dann zurück zu den anderen.

»Tut mir leid, das da eben«, sagte er. »Alles raus.«

Der junge Mann stand immer noch neben dem Erbrochenen. Langsam beugte er sich vor und betrachtete Oxos ehemaligen Mageninhalt. Etwas sprang ihm ins Auge.

»Opa …«, setzte er an. Seine Stimme war kaum mehr als ein Flüstern. »Sieh dir das an.« Er kauerte sich hin und zog mit spitzen Fingern den Goldknopf aus dem Brei. »Gold … ein Goldnugget!«

Er wischte den angekauten Goldklumpen an seinem Ärmel sauber und hielt ihn hoch. Der Alte starrte auf den Klumpen, dann schnappte er ihn und biss mit den Schneidezähnen darauf.

»Und?«, fragte Brad gespannt.

Der Opa lachte gackernd, stand mit knirschenden Knochen auf und wedelte mit dem Goldknopf umher.

»Das ist Gold, so viel steht fest!«, schrie er. »Ein hungriger alter Schafbock hat Jumpy Joes Gold gefunden! Was hab ich dir gesagt, Junge?«

Er griff nach seiner Schaufel und begann fieberhaft auf dem Weg zu graben. »Onkel Silas kannst du davon erzählen, aber niemandem sonst!«, rief er. »Der Fund gehört *uns*, Junge. Uns!«

Brad rannte zum Lagerfeuer hinüber, das neben dem Laster schwelte. Er hielt einen Augenblick lang seinen Hut über die Flammen, dann zog er ihn zurück. Eine Wolke weißen Rauchs stieg in den windstillen Wüstenhimmel. Nachdem er das letzte Rauchzeichen seiner Nachricht gesendet hatte, spuckte er in die Hände, ergriff eine Spitzhacke und machte sich neben dem Alten an der Piste zu schaffen.

Die Krieger hatten das Geschehen mit Interesse verfolgt.

»Manchmal fällt es wirklich schwer, diese Menschen zu verstehen«, bemerkte Oxo.

»Geht es dir wieder gut? Können wir weitergehen, mein Junge?«, erkundigte sich Sally.

»Ich fühle mich frisch wie ein Frühlingsregen, seit ich das Ding los bin«, erklärte Oxo.

»Ach, wäre das nicht herrlich«, seufzte Jasmine. »Regen!«

Alle tranken einen Schluck aus Opas umgedrehtem Hut und trabten dann weiter.

Die Bummbergs hatten gehofft, an der Raststätte *Zum Prallen Burger* einen Truck mieten zu können, aber es gab keinen. Sie mussten sich mit einem Motorrad begnügen. Während es noch betankt wurde, suchte Holly die Umgebung nach Anhaltspunkten ab.

»Hier sind sie lang«, stellte sie fest und deutete auf die Hufspuren, die auf dem Pfad hinter den Mülltonnen zu erkennen waren.

Abgesehen von dem Hinweis »Abkürzung« stand auf dem Wegweiser »Keine Trucks, keine Autos, keine Zweiräder«. Aber Verbote waren für Holly Bummberg ein Fremdwort. Sie gab Vollgas und brauste auf dem Hinterreifen in die karge Hügellandschaft, während Stanley sich an ihren Rücken klammerte.

In der Ferne nahm sie weiße Rauchwölkchen am Himmel wahr. Bald wurde klar, dass Holly nicht die Einzige war, die das Hinweisschild missachtet hatte. Ein Geländewagen raste an dem Motorrad vorüber und hüllte es in eine Wolke aus Abgasen und Staub. Dann noch einer … und noch einer. Alle Arten von Fahrzeugen, Autos und Pferdegespanne, tauchten aus dem Nichts auf und rangelten auf dem schmalen Weg um die Vorfahrt.

Opa und Brad unterbrachen ihre Arbeit und starrten überrascht auf die ungebetenen Glücksjäger, die eilig auf sie zuschwärmten.

»Ich habe dir hundert Mal gesagt, wir sollten uns ein Handy zulegen, Opa«, sagte Brad.

»Vielleicht hast du Recht, Junge«, stimmte der Alte zu. »Rauchzeichen sind heutzutage nicht mehr sonderlich vertraulich.«

Er kramte ein Streichholz hervor, entzündete eine Lunte und steckte sich die Finger in die Ohren. Die Explosion, die darauf folgte, war eine Spur heftiger, als er angenommen hatte. Im Umgang mit Dynamit war er ein wenig eingerostet. Die Ladung sprengte einen riesigen Krater in den Boden. Sand und Felsbrocken flogen durch die Luft. Gold brachte das zwar nicht zu Tage, aber dafür war der gesamte Weg blockiert.

Mit dem Heer gieriger Goldsucher, das nach und nach bei Brad und dem Alten eintraf, tauchte auch ein Paar auf einem Motorrad auf. Es kam schleudernd vor den beiden zum Stehen.

»Machen Sie die Straße frei!«, brüllte die Frau beim Anblick der unpassierbaren Schutthaufen hinter Opa. »Wir müssen da durch!«

Der Alte zuckte mit den Schultern. »Heute nicht, Lady. Zumindest nicht mit dem Ding.« Er beäugte das Motorrad. Brad hatte sich immer eins gewünscht. »Aber Sie können es gegen mein Maultier eintauschen.«

Holly fasste einen schnellen Entschluss.

»Komm, Stanley!«, fuhr sie ihren Mann an und kletterte vom Motorrad.

»Passen Sie auf, es beißt!«, rief der Alte ihr hinterher, aber nicht so laut, dass Holly es hören konnte.

Todd und Ida hatten mittlerweile schon einen ganzen Tag und eine Nacht in der Zelle verbracht, Zeit genug, um einen Tunnel unter der Gefängniswand hindurchzugraben. Todd hatte das Schaufeln übernommen, während Ida in ihrem Hut die Erde wegtrug und Stellen suchte, um sie möglichst unauffällig auszuschütten. Gerade kündigte der Sonnenaufgang an, dass der zweite Morgen ihrer Gefangenschaft anbrach, und sie wurden allmählich aufgeregt.

»Wir haben es fast geschafft«, sagte Todd, während er rückwärts aus dem Tunnel herauskroch und Ida eine weitere Schaufelladung Erde übergab. »Ich kann Tageslicht sehen. Das muss von der Straße kommen.«

Seine Großmutter hatte den kleinen Ofen und die Stockbetten bereits mit Erde gefüllt und gerade begonnen, Todds letzte

Ladung in ihre Handtasche zu häufen, als sie hörten, wie Sheriff Winzig seine Schreibstube vor der Zelle betrat.

Die Gefangenen schwangen sich hastig auf die Erd- und Steinhaufen in ihren Betten und zogen die Decken bis zum Kinn hoch. Die Matratzen senkten sich ächzend unter dem Gewicht. Sheriff Winzig pfiff vor sich hin und näherte sich mit einem Frühstückstablett.

»Ich hoffe, Sie haben gut geschlafen, Ma'am?«, fragte er höflich.

»Wie ein Stein«, erwiderte Ida.

»Wie ein Haufen Steine«, bekräftigte Todd.

»Ich muss meine Runde drehen«, erklärte Winzig und schob das Tablett unter den Gitterstäben hindurch in die Zelle. »Wenn ich zurück bin, unterhalten wir uns einmal ernsthaft über euren Freund Rhabarber.« Er warf Ida einen strengen Blick zu. »Vielleicht habt ihr ja bis dahin Vernunft angenommen.«

»Und vielleicht haben Sie bis dahin unsere Schafe gefunden«, antwortete Ida.

Sobald der Sheriff gegangen war, verschlangen die beiden das Frühstück. Nach all der harten Arbeit hatten sie einen Bärenhunger.

»Ich bin noch nie auf die Idee gekommen, Sirup über meinen gebratenen Speck zu gießen«, bemerkte Ida kauend. »Köstlich. Das müssen wir ausprobieren, wenn wir wieder zu Hause sind. Vielleicht mit ein, zwei Chilischoten.«

Todd nickte. Zu Hause kam ihm schrecklich weit weg vor.

Sie hatten gerade wieder zu graben begonnen, als die erste Besuchergruppe des Tages im Büro des Sheriffs auftauchte.

»Großartige Show!«, lobte einer der Touristen.

»Schön, dass es Ihnen gefällt!«, erwiderte Ida und schob einen Hutvoll steiniger Erde durch die Gitterstäbe. »Würden Sie das bitte irgendwo ausschütten?«

In den Goldfieber-Hügeln hatten die Krieger die Explosion hinter sich zwar gehört, doch andere, dringendere Sorgen beschäftigten sie. Will fürchtete, dass sie womöglich auf dem falschen Weg waren. Es gab nirgends mehr Wegweiser nach Aries End und der Pfad, auf dem sie sich befanden, wurde zunehmend schmaler und führte mittlerweile steil bergab. Die roten Hügel zu beiden Seiten wurden zu schroffen Felswänden, an denen die Schafe keinen Fluchtweg finden würden. Wenn jetzt irgendetwas den Pfad vor ihnen blockierte, gäbe es kaum genug Platz, um kehrtzumachen. Sie säßen in der Falle.

Und dann blieb Jasmine, die ausnahmsweise an der Spitze lief, plötzlich stehen.

»AchduliebesGras …«, wimmerte sie. »Er ist hier. Wir haben ihn gefundengefundengefunden …«

Die anderen drängten sich so dicht wie möglich an sie heran, um etwas zu sehen. Da, auf dem sandigen Pfad vor ihnen, zeichnete sich ein Tatzenabdruck ab – er war größer als in ihren schlimmsten Albträumen.

Der Höllenkamin

»Warum bleibst du stehen?«, schrie Holly und trat dem Maultier in die Flanken.

Es reagierte nicht. Es blieb einfach wie angewurzelt stehen und zitterte vor Angst. Die Bummbergs befanden sich am höchsten Punkt des Pfads, der von da an steil abwärts führte. Die Schafe waren vor ihnen und Holly konnte sie sogar weiter unten in der Ferne sehen.

»Die *stehen* einfach nur da«, stellte sie fest und drehte sich zu Stanley, der wie schon auf dem Motorrad hinter ihr saß.

»Vielleicht hindert sie irgendetwas am Weiterlaufen«, entgegnete der Professor und spähte über die Schulter seiner Frau hinunter.

Das stimmte. Und es war nicht nur der Tatzenabdruck. Der Pfad weitete sich vor den Schafen zu einem kleinen Plateau, das übersät war von Felsbrocken und Ästen, die der jüngste Sandsturm von den umliegenden Hügeln heruntergefegt hatte. Den Raum zwischen den Felswänden nahm ein Monster ein, das angriffsbereit wie ein Mensch auf den Hinterbeinen stand. Es hatte schwarzes Fell, schwarze Augen, bedrohliche gelbe Zähne … und eine riesige rote Zunge.

Jasmine hatte es die Sprache verschlagen. Sie wollte ihr schrillstes, lautestes Quieken quieken, aber es ging nicht. Ihre Stimme schrumpfte wie der Rest von ihr zu einem angstvollen Wackelpudding zusammen.

Das riesenhafte Biest reckte seinen Kopf in die Höhe und brüllte. Es holte mit den Pranken aus, so dass die Krallen durch die Luft sausten. Die Krieger machten einen Satz rückwärts. Zu Wills Erstaunen folgte ihnen das Biest allerdings nicht. Es stand einfach nur da, wankend und brüllend, und schlug um sich vor frustrierter Wut – und vor Schmerz.

Will rief sich angestrengt die Bilder ins Gedächtnis, die er in Todds Schulbüchern gesehen hatte.

»Ich glaube, das ist ein Bär«, erklärte er.

»IstdasbesseralsTeufelszunge?«, blubberte Jasmine mit sich überschlagender Stimme. »FressenBärenSchafe?«

»Mann, das Viech ist groß genug, um ein Pferd zu verschlingen!«, stieß Linx schluckend hervor.

Der Bär brüllte erneut. Diesmal nahmen alle den leidenden Klang wahr.

»Was hat er denn?«, fragte Oxo. »Warum geht er nicht auf uns los?«

»Er steckt fest, was?«, sagte Linx mit einem Nicken. Und

jetzt fiel auch den anderen Schafen der herabgestürzte Baumstamm auf, der vor dem Bären lag. Die Hintertatzen des Tieres waren darunter eingeklemmt.

»Na, dann ist ja alles in Ordnung«, verkündete Oxo munter. »Vorwärts?«

»Wir können ihn nicht einfach so zurücklassen!«, rief Sally entrüstet. »Er wird verhungern!«

»Oh. Das stimmt«, sagte Oxo, für den der Hungertod der grausamste Tod war, den er sich vorstellen konnte.

»Aber er könnte uns alle umbringen, Leute«, warf Linx ein. »Und wir finden diesen Teufelszungen-Spacko niemals, wenn wir tot sind.«

»Trotzdem ist er immer noch ein Mitgeschöpf«, bekräftigte Sally und holte Luft. »Jasmine, bleib hier und tu irgendwas.«

»*Tu* irgendwas?«, quiekte Jasmine.

»Ja, Liebes, lenk ihn ab, während wir übrigen den Baumstamm wegschieben.«

Dicht an die Felswand gepresst, drückte sich Sally an dem Bären vorbei. Die anderen folgten ihr. Das Biest fletschte die Zähne, brummte gereizt und drehte sich aufgebracht hin und her. Alle spürten den Luftzug, als die Furcht einflößenden Klauen über ihren Köpfen vorbeirauschten.

»AchduliebesGrasachduliebesGras …« Jasmine bemühte sich, ablenkend zu wirken. Sie warf ihren hübschen Kopf zurück und betrachtete dann ihre Vorderhufe. »Ähm … nun, wie hältst du deine Krallen scharf?«, erkundigte sie sich.

Die anderen reihten sich währenddessen hinter dem Bären auf, der jetzt nicht mehr auf sie achtete, sondern argwöhnisch Jasmine anbrummte.

»Auf die Plätze, fertig!«, schrie Sally. »Attacke!«

Oxo war ein bisschen verschnupft, dass sie *seinen* Ausdruck verwendete, aber für kleinliche Eifersüchteleien war jetzt keine Zeit. Die Krieger senkten die Köpfe und stürmten auf den Baumstamm zu. Der Bär fuhr mit dem Kopf herum, um herauszufinden, was sie da taten, und peitschte mit einer Pranke seitwärts durch die Luft.

»Noch mal!«, brüllte Oxo, bevor Sally den Mund aufmachen konnte.

Die Schafe achteten weder auf die gewaltigen Zähne noch auf den heißen Atem, der ihre Schultern streifte, und rammten den Baumstamm ein zweites Mal. Er wackelte und bewegte sich, doch da die Schafe die Köpfe gesenkt hielten, bemerkten sie nicht, dass es dem Bären gelang, sich freizukämpfen.

»Und noch einmal!«, schrie Oxo. »Jetzt mit mehr Anlauf.«

Jasmine hüpfte noch immer tapfer herum und plauderte über Krallen- und Hufpflege, als das riesenhafte Tier auf sie zutaumelte.

»AchduliebesGras!«, kreischte sie. Und dann nochmals: »AchduliebesGras …«, als sich der Boden hinter dem Bären zu öffnen und ihre Kriegergefährten zu verschlingen schien.

Sie waren Oxos Befehl gefolgt und weiter zurückgewichen,

um für den nächsten Angriff auf den Baumstamm mehr Anlauf zu nehmen. Und da sie sich rückwärts bewegten, hatten sie das große Loch hinter sich nicht bemerkt.

»AchduliebesGrasGrasGras …«, winselte Jasmine.

Sie hatte noch die Schreie ihrer Freunde vernommen, als sie verschwanden. Jetzt hörte sie nichts als das Schnüffeln und Grunzen des Bären, der sich vorreckte und ihren Hals mit seinem gewaltigen Kiefer umschloss.

Jasmine verschlug es abermals die Sprache. Sie war erstarrt. Aber es folgte kein Biss. Überhaupt kein Schmerz. Jasmine spürte, wie sie in die Höhe gehoben wurde und der Bär sie ungemein sanft im Maul trug.

Dann blickte sie hinab in ein tiefes, schwarzes Nichts. Der Bär öffnete sein Maul und Jasmines Hufe zappelten im freien Fall.

Die Bummbergs auf ihrem Maultier hatten die Rettung des Bären durch die Schafe mit offenen Mündern verfolgt. Stanley war gleichermaßen erstaunt und alarmiert.

»Liebling, möglicherweise sind die Tiere *wirklich* viel zu intelligent. Ich meine, wir wollen doch nicht, dass sie gewissermaßen das Kommando über das Vorhaben übernehmen. Die Experimente durcheinanderbringen oder so.«

Seine Frau thronte kerzengerade vor ihm und hörte nur mit halbem Ohr zu, während ihr Gehirn fieberhaft arbeitete. »Ich glaube nicht, dass wir uns darüber Gedanken machen müssen, Schatz«, antwortete sie. »Siehst du nicht, wo wir sind?«

Stanley ließ flüchtig den Blick über die Landschaft schweifen. Er verabscheute Fragen, auf die er keine Antwort wusste.

»In Arizona, Liebling«, erwiderte er.

»Wir sind am oberen Ende des Höllenkamins«, stellte Holly richtig und wandte sich zu ihm um.

Stanley blickte sie ratlos an.

»Nicht weit von zu Hause!«, fuhr seine Frau fort. »Der Höllenkamin ist ein natürlicher Luftkanal. Er führt durch den Berg bis hinunter zu unserem Stützpunkt. Ich weiß nicht mehr genau, wo sich die untere Öffnung befindet, aber das Loch da drüben ist ganz sicher der obere Zugang.«

»Hm-hm …«, machte Stanley. Aber er hörte ihr nicht mehr zu. Stanley beobachtete den Bären. Nachdem er das Schaf in das Loch hatte plumpsen lassen, war er zunächst am Rand sitzen geblieben und hatte seltsame Geräusche von sich gegeben. Auf Stanley wirkte es, als hätte sich der Bär bedankt, was selbstverständlich eine lächerliche und unwissenschaftliche Vorstellung war. Jetzt allerdings hatte der Bär sich aufgerichtet, sich umgedreht und seinen Blick auf *ihn* gerichtet. Der Professor vergaß schlagartig, dass heute der Tag B war.

Holly achtete gar nicht auf den Bären. Ganz offensichtlich hatte Stanley nicht begriffen, was das eben Geschehene eigentlich bedeutete.

»Ein natürlicher Luftkanal, Stanley …«, wiederholte sie.

»Ein Schacht in den Felsen? Ein sehr, sehr tiefes Loch?«

Noch immer erhielt sie keine Antwort von ihrem Mann. Er starrte über ihre Schulter hinweg. Sein Gesicht war kreidebleich.

»Ich fürchte, deine Schafe sind mittlerweile nur noch ein Haufen gebrochener Knochen auf dem Felsboden am unteren Ende des Höllenkamins«, sagte Holly. »Sehr, sehr intelligent, aber mausetot.«

Auch wenn Holly noch immer nicht bemerkte, dass der Bär sich ihnen näherte, war Stanley und dem Maultier das umso deutlicher bewusst. Plötzlich wieherte das Tier panisch, machte auf der Stelle kehrt und galoppierte los. Holly kämpfte mit den Zügeln, während Stanley sich einfach nur verzweifelt festklammerte.

»Mach dir keine Sorgen«, schrie Holly, »dein großer Lebenstraum ist keineswegs schon geplatzt!«

Stanleys Finger krallten sich fester in Hollys Taille, als er merkte, dass er nach hinten abrutschte.

Ein gewinseltes »Ach, nein?« war alles, was er herausbrachte.

Seine Frau wandte sich um. Ihre Augen funkelten eifrig, trotz des holprigen Ritts auf dem davonsprengenden Maultier.

»Keine Spur«, schrie sie. »Wir müssen die Schafe nur ersetzen, das ist alles. Wie wäre es, wenn wir stattdessen Menschen nehmen würden? Zwei Menschen, auf die wir mühelos Zugriff haben!«

High Noon – Der Augenblick der Wahrheit

Sheriff Winzig hatte noch nie einen Morgen wie diesen erlebt. Plötzlich hatte er alle Hände voll mit echter »Sherifferei« zu tun.

Erst vor zehn Minuten war er auf einen hungrigen Bären gestoßen und hatte ihn mit seiner Flinte vertrieben. Seit Jahren war das die erste Gelegenheit gewesen, einen Schuss abzufeuern. Dann war ihm ein bissiges Miststück von einem streunenden Maultier über den Weg gelaufen und er hatte es heldenhaft eingefangen. Und über all der Aufregung mit Bären und Maultieren, Goldsuchern und Explosionen hatte er die kleine alte Dame und den Jungen sowie ihre rührselige Geschichte von verlorenen Schafen und Rhabarber völlig vergessen.

Zu allem Überfluss tauchten nun auch noch zwei Fremde auf. Sie kamen einen schmalen Pfad entlanggerannt und stürmten auf ihn zu: ein dürres, schwitzendes Männchen mit dreckigen Hosen und eine energisch wirkende Frau auf Stöckelschuhen mit einer Aktentasche.

Sobald die Frau Sheriff Winzig erblickte, winkte sie heftig. »Huhuu!«, rief sie freudig, als ob sie gerade auf einem Nachmittagsspaziergang im Park wäre.

Als der Sheriff die Zügel anzog und sein Pferd Blitz und das eingefangene Maultier zum Stehen brachte, stieß Holly Stanley in die Rippen. »Pass auf, was du sagst«, warnte sie. »Er trägt einen Sheriffstern. Kein Wort über die Ranch *Am Ende der Welt*.«

Stanley hatte nicht vor, überhaupt irgendetwas zu sagen. Er rieb sich seinen schmerzenden Hintern und starrte unglücklich auf den Minicomputer.

»Sie haben den Modus für den finalen Countdown aktiviert«, murmelte er.

»Howdy«, begrüßte sie der Sheriff. »Gehört das Maultier hier zufälligerweise euch, Leute?«

»Allerdings!«, rief Holly erfreut. »Es hat beim Anblick eines Bären gescheut und uns dann abgeworfen.«

Stanley zuckte bei dem Gedanken an das gerade Erlebte zusammen.

»Vielen Dank, dass Sie es eingefangen haben!«, fuhr Holly fort. Sie nahm vom Sheriff die Zügel des Maultiers entgegen, schwang sich auf seinen Rücken und half Stanley beim Aufsteigen. Diesmal saß er vor ihr, weil er hinten andauernd runterfiel. Holly winkte kurz zum Abschied und wendete das

Tier. Dann ritten sie in die entgegengesetzte Richtung auf dem Hauptweg davon. Sheriff Winzig ignorierte das Winken zum Abschied und trabte auf seinem Pferd neben ihnen her. »Ein schöner Tag für einen Ausbruch von Goldfieber«, bemerkte er heiter, während sie dahinritten. »Habt ihr gesehen, was die Goldsucher dahinten für ein Chaos angerichtet haben?«

Holly nickte.

Winzig gluckste. »Ganz wie in den guten alten Zeiten …«, sagte er. »Macht ihr beiden eine Rundreise?«

Holly nickte wieder.

»Was ist eure nächste Station?«

»Die Ran…«

»Die Rückkehr in die Zivilisation steht jetzt auf dem Programm«, fiel Holly Stanley ins Wort und gab ihm einen Tritt, damit er den Mund hielt.

»Ach«, sagte Winzig erfreut. »Dann seid ihr also unterwegs nach Pistolero-City? Ich auch. Nicht dass ich etwa Urlaub hätte wie ihr, wohlgemerkt. Keineswegs! Ich muss noch zwei Gefangene befragen … Sheriffangelegenheiten erledigen und all das.« Die Erregung darüber, mit einem Mal wichtig zu sein, löste seine Zunge. »Es geht um zwei Fremde, die ich auf der Ranch *Am Ende der Welt* aufgegriffen habe.« Er schüttelte den Kopf und lachte wieder in sich hinein. »Behaupten doch tatsächlich, sie hätten einen Trupp Rasseschafe verloren und wären Freunde von einem ›Herrn Rhabarber‹.«

Beinahe wäre der Professor vom Maultier gefallen, obwohl er vorne saß. Holly hielt ihn fest. Mit harter Faust umklammerte sie seinen Kragen.

»Wie ungemein interessant«, brachte sie hervor. »Wir möchten uns wirklich sehr gern Pistolero-City ansehen. Stimmt's, Schatz?«

Wenig später – in Pistolero-City – tauchte plötzlich Todds Kopf aus dem Boden der Hauptstraße auf. Er hatte die letzten Zentimeter Erde wie einen Maulwurfshügel nach oben gedrückt. Der Tunnel aus der Zelle war fertig.

Die Sonne blendete ihn und er brauchte einige Sekunden, bevor er klar sehen konnte und feststellte, dass die Straße ziemlich ausgestorben war. Die meisten Touristen hielten sich während der Mittagshitze im Café auf. Todd krabbelte unter der Zellenwand hindurch zurück zu seiner Großmutter.

»Die Luft ist rein, Oma«, berichtete er eifrig. »Du machst den Anfang, dann kann ich dich anschieben, falls es nötig ist.«

Ida benötigte niemanden, der sie anschob. Ihre alten Knochen ächzten zwar, aber sie wand sich durch den Tunnel.

»Wir sind frei!«, rief sie, als Todd nach ihr aus dem Loch gekrabbelt kam.

Einen Moment lang standen sie nur da und blinzelten in die Sonne. Sie wussten nicht genau, was sie als Nächstes unternehmen sollten – nicht ahnend, dass man ihnen die Entscheidung jeden Augenblick aus der Hand nehmen würde.

Holly Bummberg hatte keine Ahnung, was sie tun sollten, wenn sie erst einmal in Pistolero-City einträfen. Zwei Gefangene aus ihrer Zelle zu holen war ein schwieriges Unterfangen, aber es musste gelingen. Der Tag B war gekommen. Und da die Schafe nicht mehr lebten, mussten sie den menschlichen Ersatz in ihre Gewalt bekommen. Sie, Holly, würde man nicht in die Knie zwingen.

Gerade bogen sie in die Hauptstraße ein, als der Sheriff Blitz ruckartig zum Stehen brachte.

Holly hob den Blick und begriff, warum. Dort, vor dem Gefängnisgebäude, standen die alte Frau und der Junge und unterhielten sich eindringlich.

»Potztausend!« Sheriff Winzig sprang von seinem Pferd, um sich an die entflohenen Häftlinge heranzupirschen. Aber als Todd und Ida ihn bemerkten, rannten sich nicht davon. Ganz im Gegenteil.

»Das sind sie!« Todd fuchtelte mit dem Finger herum, als der Sheriff auf sie zumarschierte. »Die Leute, die uns entführt haben!«

»Das ist Rhabarber!«, rief Ida.

Dann stürmten sie beide an Winzig vorbei zu dem Paar auf dem Maultier.

»Was haben Sie mit unseren Schafen gemacht?«, schrien sie gleichzeitig.

»Ich habe keine Ahnung, wovon Sie sprechen«, brauste Holly auf und blickte den Jungen, der auf sie zugerast kam, von oben herab an. »Wir haben Sie beide noch nie im Leben gesehen, nicht wahr, Schatz?«

Stanley kam nicht dazu, zu antworten.

»Und ob!« Todd wandte sich kurz zum Sheriff um. »Woher wüsste ich sonst, dass er einen Minicomputer am Handgelenk trägt. Ein sehr raffiniertes Gerät. Kommen Sie und schauen Sie sich das an!«

Holly warf einen letzten Blick auf Todds wütendes Gesicht, dann einen langen Blick auf die finstere Miene des Sheriffs und sie wusste ganz genau, dass das Spiel aus war. Der Mann mit dem Stern an der Brust würde einige sehr unangenehme Fragen stellen. Sie rutschte seitlich vom Maultier herunter und zog Stanley mit sich.

Der Junge hatte sich direkt vor ihr aufgebaut und der Sheriff hatte kehrtgemacht und rannte jetzt auf sie zu. Holly schaute sich um, ihr Blick fiel auf Blitz und sie ergriff seine herabhängenden Zügel.

»Steig auf!«, rief sie Stanley zu.

Sie setzte ihren Fuß in den Steigbügel und schwang sich auf den Rücken des großen Pferds, bevor sie sich nach unten beugte, Stanleys ausgestreckten Arm packte und ihn hinter sich hinaufzog.

»Hopp, hopp, lauf!«, kreischte Holly. Sie schnalzte mit den Zügeln und rammte ihre Absätze in die Flanken des Tieres.

Blitz schoss los wie eine Rakete.

Im Katzengold-Stollen

Aus dem Café drängten Touristen nach draußen, neugierig, welche Showeinlage man da auf der Straße präsentierte. Sie applaudierten, als ein Paar auf einem großen weißen Pferd davongaloppierte und den nach Luft schnappenden Sheriff stehenließ. Ein kleiner Junge nickte energisch mit dem Kopf, während eine sehr alte Dame auf ihn einredete. Plötzlich drehte er sich um und rannte auf die Touristen zu. Vor dem Café stand ein friedfertiges Pony angebunden, das vor einen kleinen zweirädrigen Ausflugswagen gespannt war. Der Junge löste das Seil und half der alten Dame, den Kutschbock zu besteigen.

»Hüh! Hüja!«, rief sie und ließ die Zügel schnalzen.

Der Junge sprang neben sie auf den Wagen.

»Hüh! Hüja!«

Das Pony gehorchte und trabte los. Die alte Dame feuerte es noch lauter an und es verfiel in einen leichten Galopp.

Die Verfolgungsjagd hatte begonnen. Die Zuschauer jubelten. Sheriff Winzig aber blieb allein neben dem bissigen Maultier zurück.

»Schneller, du lahmer Gaul!«, schimpfte Holly auf Blitz ein, dessen Name sich nach dem anfänglichen Sprint als ziemliche Übertreibung herausstellte. Sie warf einen Blick über die Schulter zurück. Hinter dem verängstigten Gesicht ihres Mannes sah sie den Ponywagen, der die Verfolgung aufgenommen hatte. »Keine Sorge, Schatz!«, rief sie.

»Und ob ich mir Sorgen mache«, schrie Stanley zurück. »Heute ist Tag B! Meine einzige Chance auf Erfolg und Ruhm und Bewunderung und …«

»Ich weiß, Schatz«, rief Holly, »und alles wird gut!«

Der Professor klammerte sich fest. Das musste er seiner Frau lassen: Pessimismus war nicht ihr zweiter Vorname.

Im Stall der Eppingham-Farm gab es Fledermäuse, und wenn Linx nicht damit beschäftigt war, einen Rap zu komponieren, hatte er schon so manches Mal gerätselt, wie es wohl war, mit dem Kopf nach unten zu schlafen. Jetzt gerade schlief Linx zwar nicht, aber er erfuhr, wie es sich anfühlte, kopfüber zu hängen. Die anderen Schafe teilten seine Erfahrung. Und das schon seit einer ganzen Weile.

Nachdem sie in das tiefe Loch des Höllenkamins gestürzt waren, hatte sie ein Haufen gebrochener Äste davor bewahrt, ein Haufen gebrochener Knochen zu werden. Ein verfilztes

Gestrüpp aus altem Laub und herabgefallenen Zweigen hatte sich auf halber Strecke in dem engen Schacht angesammelt wie ein riesiges Gewölle. Und auch wenn es ächzend und knackend verrutscht war, als die Krieger nacheinander daraufplumpsten, hatte das Polster nicht vollständig nachgegeben – nicht einmal, als auch noch Jasmine von dem Bären in das Loch geworfen wurde und zuoberst landete.

Und da baumelten sie nun, verhakt in einem Gewirr aus Ästen. Linx versuchte sich herauszuwinden und gleichzeitig zu rappen.

»'n Fledermausleben ist so lala,
Nutzloses Gebaumel von der Decke,
Uns fehlt die Zeit für Nichtstun und Blabla,
Nach Aries End ist's noch 'ne Ecke.
Wollen wir Teufelszunge vernichten,
Muss sich das Gestrüpp hier lichten!«

Das Rappen ging über in ein Knirschen, dann in ein Knacken, während Linx sich freikämpfte.

»Hohoo … langsam, ihr dürren Dinger!«, schrie er, als das Ästegewirr um ihn herum ins Rutschen geriet.

»AchduhaltdieKlappeLinx«, quiekte Jasmine. »Wir ruhuhuhutschen!«

»Zieht die Beine ein, Leute!«, rief Will. »Damit sie nicht brechen, wenn wir unten aufschlagen …«

Mit Getöse schrammten Zweige an den Felswänden hinab. Der Schacht war erfüllt vom Geriesel knisternden Laubs und schrillem Blöken. Dann folgte ein dumpfer Rums. Und Stille.

Linx setzte sich auf. Im Dämmerlicht auf dem Grund des Höllenkamins zählte er vier weitere Schafe. Das war gut. Und alle lagen sie auf dem modrigen Holz- und Blätterzeug wie er. Das war noch besser.

»Hey …«, sagte er und wippte mit dem Kopf. »Coole Abfahrt, was, Leute?«

»Und alle Beine sind heil«, bemerkte Sally und rappelte sich auf.

»Jaha, tausend Dank, Linx«, sagte Oxo, allerdings klang es ein wenig sarkastisch. »Aber zu fressen gibt's hier immer noch nichts.«

Die Krieger wanden sich durch eine dürftige Absperrung aus Maschendraht vor der Schachtöffnung und fanden sich in einem kühlen, höhlenartigen Gang wieder, der schwach von Lampen an der Decke beleuchtet wurde. Es gab keinen Wegweiser nach Aries End, aber auch keinen Weg mehr zurück: Es würde ihnen niemals gelingen, den Schacht wieder nach oben zu klettern.

Will wusste nicht viel über das Innere von Bergen, aber der Maschendraht und die Lampen überraschten ihn. Er bemühte sich, optimistisch zu klingen. »Hier entlang!«, rief er.

Alle folgten Will, der ihnen voraus in den gewundenen Felsengang marschierte.

Auf der anderen Seite des Berges, in den die Schafe gestürzt waren, verringerten Ida und Todd allmählich den Abstand zu Blitz und den Rhabarbers.

Sie hatten die staubige Piste, auf der sie Pistolero-City verlassen hatten, mittlerweile hinter sich gelassen und der Boden wurde unebener und steiler, während sie immer tiefer in die Hügellandschaft vordrangen. Außer ihnen war hier keine Menschenseele. Holly wandte den Kopf und rief ihrem Mann zu: »Mach die Augen auf, Stanley! Wir sind fast da. Melde uns in der Kommandozentrale. Sag ihnen, sie sollen das Tor öffnen.«

Es war für Stanley keine einfache Sache, Anweisungen in den Minicomputer zu tippen und sich gleichzeitig an den Rücken seiner Frau zu klammern, aber es gelang ihm.

»Erledigt …«, rief er und hoffte, sie würde nichts weiter von ihm verlangen.

»Gut.«

Holly drehte sich erneut zu ihm um und zum Erstaunen des Professors verzog sich ihr Gesicht zu einem breiten Grinsen.

»Sie gehören ganz dir, Schatz«, gurrte sie. »Wie die Fliegen gehen sie uns ins Netz …«

Stanley hatte keinen Schimmer, wovon seine Frau sprach. Er wagte einen Blick nach vorne über ihre Schulter hinweg und da durchströmte ihn eine Woge der Erleichterung. In der Bergwand genau vor ihnen öffnete sich eine Stahltür, die in dem matten Rot der Wüste gestrichen war.

Verblüfft beobachteten auch Todd und Ida, wie sich die rechteckige Öffnung auftat. Sie sahen Blitz mit den Rhabarbers hineingaloppieren.

»Was sollen wir tun, Oma?«, schrie Todd und machte sich auf einen Aufprall gefasst, weil er damit rechnete, dass das Tor sich umgehend wieder schließen würde.

Ida schnalzte mit den Zügeln und trieb das Pony an. »Zu spät, um anzuhalten!«, brüllte sie.

Der Ponywagen ratterte hinter Blitz durch die Toröffnung und kam schleudernd zum Stehen. Todd sprang auf den Boden, bereit, es mit allem aufzunehmen, was ihn erwarten würde. Er registrierte den massiven Betonboden, eine Felshöhle und dämmriges künstliches Licht. Dann eine Stimme.

»Ausgezeichnet, meine Lieben. Willkommen im Katzengold-Stollen!«

Der Countdown

»Bitte sehr, Schatz«, sagte Holly Bummberg zu ihrem Mann. »Mein Plan ist aufgegangen. Sie sind geradewegs in die Falle geritten.«

Stanley glaubte ihr keineswegs. *Er* war schließlich der mit dem Grips. Seine Frau hatte nur Glück. Und Geld natürlich, was dasselbe war. Und er *wollte* keine Menschen. Aber jetzt blieb ihm keine Wahl mehr. Er wandte er sich an einige Männer und Frauen in weißen Kitteln, die gerade herbeieilten.

»Stellen Sie umgehend Gewicht und Maße des Jungen und der alten Frau fest!«, blaffte er. »Und berechnen Sie die Lasten neu.«

»Sie wollen Menschen verwenden?«, fragte eine der Frauen mit ungläubig aufgerissenen Augen.

»Stellen Sie keine Fragen, tun Sie einfach, was ich Ihnen sage«, schnauzte sie der Professor an. »Meiner Frau ist es nicht gelungen, die Schafe zu bekommen, die ich wollte.«

Holly war zutiefst getroffen. Aber sie biss sich auf die Lippe und versuchte sich nichts anmerken zu lassen. Ihr Mann war ein Genie, das kurz vor seinem kühnsten Experiment stand, sagte sie sich. Der Zeitpunkt war gekommen, da die Unmengen an Geld, die sie in Stanley und seine Intelligenz investiert hatte, in die Luft gejagt würden. Natürlich war er in diesem Augenblick angespannt und gereizt. Nur wenige Minuten trennten ihn – trennten *sie beide* – von Triumph und Ruhm.

Todd fand sich plötzlich umringt von mehreren Weißkitteln. Weitere Mitarbeiter hatten seine Großmutter gepackt.

»Was geht hier vor sich?«, fragte er laut.

»Ihr …«, begann Holly, die sich wieder gefangen hatte, »ihr geht auf eine Reise.« Sie nickte einem der Weißkittel zu. »Kümmern Sie sich um die Gäule!«, befahl sie.

Holly marschierte in eine von Menschen geschaffene Höhle, ihr Mann folgte ihr und jeweils zwei Weißkittel zerrten Todd und Ida hinterher. Mehrere Angestellte eilten ihnen voraus und hinter ihnen kamen noch mehr. Holly blieb abrupt stehen und nickte ihrem Mann lächelnd zu.

»Das ist übrigens Professor Stanley Bummberg«, verkündete sie. »Er hat diesen geheimen Stützpunkt geschaffen und ihm seid ihr zu Dank verpflichtet.«

»Wofür?«, wollte Todd wissen.

»Für die Chance, zum Tag B beitragen zu dürfen.«

Stanley lächelte und warf dann einen Blick auf den Computer am Handgelenk.

Holly verstand den Wink und marschierte weiter, bis sie schließlich vor einer Doppeltür mit dem Schriftzug VORBEREITUNGSRAUM standen. Die Türen schwangen automatisch auf und die Bummbergs traten ein. Die Weißkittel schubsten ihre Gefangenen hinterher.

Todd verschaffte sich rasch ein Bild von der neuen Umgebung. Sie befanden sich in einer kleinen Zelle mit Glaswänden. Hinter den Scheiben war eine riesige, dämmrige Halle zu sehen, wo weitere Menschen in Kitteln mit konzentrierter Miene Reihen von Kontrollpulten überwachten. Die digitale Wanduhr tickte und Todd vernahm eine Computerstimme, die den Countdown herunterzählte.

In der Mitte der Halle, hinter den Computern, stand ein kegelförmiges Gebilde, das ungefähr die Größe von Idas Gartenhütte hatte und von einem weißen Tuch bedeckt war. Als Todd nach oben blickte, stellte er fest, dass die Decke eine Kuppel war. Und noch etwas Seltsames fiel ihm auf: In der Mitte der Decke verlief ein kerzengerader Schlitz, und dieser Schlitz wurde langsam breiter. Das Dach öffnete sich und durch den Spalt fiel ein dünner Sonnenstrahl ins Innere.

»Setzt euch«, sagte der Professor und gab Todd einen kleinen Schubs.

Todd richtete seine Aufmerksamkeit wieder auf den Raum, in dessen Mitte zwei gepolsterte Stühle, wie man sie vom Zahnarzt kannte, nebeneinanderstanden. Sie waren umgeben von Apparaten und Kabeln.

»Nur ein paar Checks und Tests, bevor ihr eure Plätze einnehmt. Wir müssen alles neu austarieren, weil ihr keine Schafe seid.«

»Wo *sind* unsere Schafe?«, verlangte Ida zu wissen, während sie sich gegen zwei Männer zur Wehr setzte, die sie grob in einen der beiden Stühle drückten.

Der Professor zuckte mit den Achseln. »Wo auch immer tote Schafe sind, vermute ich.«

»Tot?« Ida hörte auf zu strampeln. *»Tot?«*

Sie hatte bereits nach ihrer heldenhaften Verfolgungsjagd müde und erschöpft gewirkt. Jetzt brach sie auf dem Stuhl zusammen. Todds Wut schäumte über. Er wand sich, trat um sich und es bedurfte der geballten Anstrengung der Bummbergs und mehrerer Weißkittel, um die Gurte über seiner Brust zu schließen und ihn damit an dem anderen Sitz festzuschnallen.

»Worum geht es hier denn eigentlich? Was führen Sie im Schilde?«, fragte er.

»Mein Mann hat einen neuartigen Raketentyp erfunden«, erwiderte Holly. Sie straffte die Schultern und blickte auf Todd herab. »Diese Rakete kann weiter und schneller fliegen als jede andere zuvor.«

Stanley nickte bescheidener, als ihm zu Mute war.

»*Außerdem*«, fuhr seine Frau fort, »hat er einen neuen Planeten entdeckt.« Sie strahlte vor Stolz. »Er ist nach meinem zweiten Vornamen ›Petunia‹ benannt.«

Eine Frau im weißen Kittel, die direkt neben Todd stand, zog die Augenbrauen hoch und murmelte vor sich hin: »Feldwebel wäre passender.«

»Meine Berechnungen haben ergeben, dass dieser neue Planet der Erde sehr ähnlich ist«, erklärte der Professor, ohne auf die Bemerkung der Mitarbeiterin zu achten. »Florida, um genau zu sein. Aber um sicherzugehen, muss ich die Überlebensbedingungen noch mit einigen Experimenten überprüfen. Und für diese benötigen wir selbstverständlich lebende Versuchsobjekte.«

»Dafür wollten wir eure Schafe«, fügte Holly hinzu. »Der Professor hat zur Datenerfassung eine Reihe von Aufgaben entwickelt, welche die Versuchsobjekte ausführen müssen, damit sie Futter erhalten. Er benötigt Tiere, die intelligent sind, aber nicht zu intelligent.«

Stanley nickte zustimmend, während er die Messanzeigen an den Apparaten überprüfte. Holly verstand es, seine unheimlich komplizierte Arbeit mit einfachen Worten zu erklären. Einen Augenblick lang mochte er sie fast.

»Das mit Ihren Schafen war bedauerlich«, sagte er mit einem Schulterzucken. »Wir hatten äußerst hoch entwickelte Sensoren an ihren Ohren befestigt, die uns sehr aufschlussreiche Informationen und Bilder hätten liefern können.«

»Mach dir nichts draus, Schatz.« Holly hüpfte beinahe auf und ab vor Aufregung. Stanley hatte sie so noch nie erlebt … so ganz und gar unhollyig. »Die ganze Welt wird in Erstaunen versetzt«, erklärte sie. »Und Professor Stanley Bummberg, *mein* Mann, wird als der größte Eierkopf des Universums bejubelt!«

»Als Eierkopf, Liebling?«, wiederholte der Professor mit einem gequälten Lächeln.

»Entschuldige, Schatz. Als das größte wissenschaftliche Genie.«

»Sie sind verrückt!«, stieß Todd hervor.

»Es spricht nichts dagegen, verrückt zu sein«, entgegnete Stanley. »Solange man Recht hat.«

»*Sehr viele* Leute haben meinen Mann für verrückt erklärt«, mischte sich Holly wieder ein und vollführte eine kleine Pirouette. »Alle Wissenschaftler, mit denen er je zusammengearbeitet hat, erklärten ihn für verrückt. Aber sie sind bloß neidisch, weil nicht sie das neue Florida entdeckt haben. Morgen wird mein Mann berühmt sein. *Ich* werde berühmt sein. Der Name Bummberg wird berühmt sein!« Sie hielt mit ihrem ausgestreckten Finger über einem Knopf auf Todds Armlehne inne. »Darf ich?«, fragte sie.

Der Professor nickte nachsichtig. Holly drückte auf den Knopf. Die Glaswand zwischen der kleinen Zelle und der Haupthalle glitt beiseite und die beiden Sessel setzten sich in Bewegung.

Die Weißkittel blickten von ihren Bildschirmen auf und klatschten, als Todd und Ida an ihnen vorbei langsam auf die verhüllte, kegelförmige Konstruktion zufuhren.

»Ihr könnt meine Oma nicht ins Weltall schicken!«, brüllte Todd.

Holly schritt stolz neben seinem fahrenden Sitz her und er packte wütend ihren Arm.

»Nehmt mich, aber lasst Oma gehen! Sie ist zu alt dafür!«

»Vielleicht gefällt es ihr sogar auf Petunia«, flötete Holly. »In Florida verbringen schließlich auch viele Leute ihren Ruhestand. Und du tätest ebenfalls besser daran, dich dort einzuleben.« Sie schüttelte Todd ab und kniff ihn leicht in die Hand. »Oder haben wir das etwa gar nicht erwähnt? Die Rakete kann nur ausreichend Treibstoff für den Hinflug nach Petunia transportieren. Sie wird nie zurückkehren.«

Die beiden Sessel hielten an. Todd spähte nach unten und sah, dass sie an der Kante eines tiefen Schachts standen. Er erkannte jetzt, dass das kegelförmige Gebilde gar nicht *auf* dem Höhlenboden ruhte. Es saß vielmehr auf einer Art Röhrenkörper, der im Schacht verschwand und dessen Sockel irgendwo weit dort unten stand. Was er vor sich sah, war lediglich das oberste Ende der Konstruktion: die Spitze einer gewaltigen Weltraumrakete. Kurze Metallstege überbrückten den Spalt zwischen dem Höhlenboden und der verhüllten Raketenspitze.

Todd schluckte und schaute nach oben. Das Kuppeldach der Höhle war mittlerweile vollständig auseinandergeglitten und gab genau über der Rakete den Blick auf einen kreisrunden Ausschnitt des blauen Himmels frei.

Stanley lächelte über Todds Kopf hinweg seiner Frau zu.

»Sag den Jungs, sie sollen den Countdown um ein paar Tausend Sekunden verkürzen, Liebes«, rief er. »Geben wir Zunder!«

»Los, geben wir Zunder!«, rief Holly in ein Mikrofon. »Es ist Zeit für ein gewaltiges Bumm wie Bummberg!«

Den Kriegern kam es vor, als marschierten sie schon seit Stunden im Gänsemarsch durch Felsstollen. Das Gefühl, unter der Erde zu sein, machte sie alle nervös und sie wünschten, sie dürften die brennende Sonne wieder sehen statt der schummrigen Deckenleuchten.

Will hoffte inständig, sie würden nicht plötzlich hinter einer der engen Biegungen der Teufelszunge gegenüberstehen. Dann müssten sie einzeln nacheinander mit dem Monster kämpfen, und das war eine Konstellation, bei der er sich für die Kriegerschafe keine großen Chancen ausrechnete.

»AchduliebesGras«, wisperte Jasmine, »ich höre etwas …«

Sie blieben stehen, um zu lauschen.

Irgendwo vor ihnen sagte eine Stimme, eine nicht wirklich menschliche Stimme, Zahlen auf: »Zweihundertneunundneunzig … zweihundertachtundneunzig … zweihundertsiebenundneunzig …«

Sally schluckte panisch. »Zählt *er* da?«, fragte sie. »Während er die armen Schafe frisst, die er gefangen hat?«

Sie spähten angestrengt in den düsteren Tunnel. Ein heißer Brandgeruch stieg ihnen in die Nasen und irgendjemand oder irgend*etwas* brüllte.

»AchduliebesGras … achduliebesGras«, wimmerte Jasmine. »*Müssen* wir weitergehen?«

»So kann nur der Atem von dem Teufelszungen-Spacko riechen …«, murmelte Linx.

Dann schallte ein anderes lautes Geräusch durch den Berg.

»Omaaaaaa!« Todds qualvolles Heulen hallte in dem Tunnel wider.

»Das klang menschlich, was?«, sagte Linx mit weit aufgerissenen, verstörten Augen.

»Das klang wie Todd!«, stieß Will hervor. »Aber das kann nicht sein. Todd ist daheim auf der Eppingham-Farm in Sicherheit.« Er schüttelte den Kopf und versuchte klar zu denken. »Also, Sally … *gehen* wir weiter?«

»Sind wir Krieger oder nicht?«, schrie Sally.

Sie quetschte sich an den anderen vorbei und marschierte als Erste tiefer in den Stollen. Die anderen folgten und Linx bildete die Nachhut. Er hatte genauso viel Angst wie seine Gefährten, aber seine Stimme klang mutig:

»Teufelszunge, du glaubst, wir zittern,
Wenn wir an dich denken?

Sei gewarnt, denn wir sind hier,
Um dein blutiges Spiel zu beenden.
Die *Ballade vom Vlies* hat uns befohlen, dich zu richten,
Wir finden erst Frieden, wenn es gelingt,
Dich zu vernichten …«

In der gewaltigen Höhle mit der geöffneten Kuppel, gar nicht weit von der marschierenden Kriegerkolonne entfernt, konnten Todd und Ida nur hilflos der kleinen Zeremonie zusehen, die sich vor ihren Augen abspielte. Todd war nach seinem Verzweiflungsschrei in Schweigen versunken. Mit einem erregten Funkeln in den Augen war der Professor im Begriff, die Schnur durchzuschneiden, die das weiße Tuch über der Raketenspitze hielt.

»Bist du bereit für die große Überraschung?«, fragte Stanley.

Holly nickte. Sie hoffte insgeheim, dass Stanley ihr Gesicht auf die Raketenspitze gemalt hatte. Wie wundervoll wäre das: Ihr Gesicht, das himmelwärts rast und sie, Holly Petunia Bummberg, unsterblich machen würde.

»Ich bin bereit, Schatz«, erwiderte sie.

Der Professor durchschnitt die Schnur und das Tuch wurde beiseitegerissen.

Holly musste sich ein weiteres Mal auf die Lippe beißen, diesmal um ihre Enttäuschung zu verbergen. Sie musste sich sehr fest auf die Lippe beißen.

Stanley bemerkte es nicht.

»Sieht es nicht fantastisch aus?«, rief er über den höflichen Applaus der Weißkittel hinweg.

Die Kommandokapsel der Rakete war so bemalt worden, dass sie wie eine bösartige Hundefratze aussah, mit blutunterlaufenen Augen, zurückgelegten Ohren und einer schwarzen Schnauze. Das weit aufgerissene Maul bildete die Türöffnung der Kapsel: Wenn man in die dahinterliegende Dunkelheit schaute, war es, als blickte man in den Schlund eines monströsen Hundes. Zwei Reihen scharfer weißer Zähne waren oben und unten im Türdurchgang aufgemalt worden und eine riesige gemalte rote Zunge hing heraus.

Der Professor beugte sich zu Todd hinunter. »Ich bin ein großer Footballfan«, erklärte er ihm. »Meine Mannschaft sind die Präriehunde, weißt du? Ich dachte, es wäre eine hübsche Sache, wenn die Teufelszunge vom Weltall aus auf die Widder herabblicken könnte.« Er sah prüfend auf seinen Minicomputer. »Es ist so weit!« Mit diesen Worten trat er von den beiden Sitzen zurück. »Komm, geh beiseite, Liebling.«

Die Sessel, auf denen Todd und Ida festgeschnallt waren, glitten mit ihnen über die Gangway. Darunter lag der tiefe Schacht. Dann verschwanden sie durch die enge Türöffnung im Inneren der Raketenspitze.

In diesem Augenblick tauchten die Krieger am Ausgang des langen, gewundenen Stollens in der Höhle auf. Sie standen blinzelnd in dem unerwarteten Sonnenlicht. Der Brandgeruch stach ihnen in den Lungen.

»Endlich«, flüsterte Sally. »Teufelszunge!«

»AchduliebesgrünesGras ... schaut euch an, wie groß er ist«, heulte Jasmine.

»Und das ist nur sein Kopf«, knurrte Oxo.

»Jetzt riech ich seinen stinkenden Atem aber ganz sicher, Leute«, schrie Linx.

Will blinzelte und schüttelte den Kopf. Das sah für ihn nicht nach einem Monsterhund aus, aber er hatte keine Chance, sich zu vergewissern.

»Deine Tage als Schlachter sind vorbei, Kumpel!«, brüllte Oxo. »Einer für fünf und fünf auf die Teufelszunge!«

»Teufelszunge ... Teufelszunge ... Teufelszunge!«, schrien sie alle.

Oxo scharrte auf dem Boden. »Gleich wirst du was erleben!« Er senkte seinen mächtigen Schädel. »Attacke!«

Die Kriegerschafe donnerten auf die Kommandokapsel zu, die Köpfe gesenkt, mit Feuer im Herzen. Gleichzeitig prallten ihre Schädel dagegen und die Raketenspitze wackelte leicht.

»Und noch mal!«, schrie Oxo und trappelte schnell rückwärts. Dass er vor kurzem erst beim Anlaufnehmen mit dem Hintern voraus in ein sehr tiefes Loch gefallen war, hatte er längst vergessen.

»Attacke!«

Die Schafe donnerten erneut auf ihr Ziel zu.

Unter den Menschen auf der anderen Seite der Raketenspitze war Panik ausgebrochen. Sie kamen angelaufen.

»Du hast gesagt, sie seien tot!«, brüllte Stanley, als ein Schaf an seinen Beinen vorbeiraste.

»Muss ich eigentlich für alles die Schuld auf mich nehmen?«, kreischte Holly und hastete hinter den Tieren her. »Los, fang sie ein, du blöder Eierkopf!«

Aber sie war allein.

»Einhundertunddreiundfünfzig …«

Stanley hatte den Countdown vernommen, auf seinen Computer am Handgelenk gespäht und eilte in die entgegengesetzte Richtung zurück. Die übrigen Weißkittel folgten seinem Beispiel.

Oxo war mitten in der Attacke, als Holly sich auf ihn stürzte und ihn überrumpelte. Er wandte den Kopf, um sie zu stoßen und zu beißen, aber Holly Bummberg war außer sich vor Wut und der Zorn verlieh ihr die Kraft von zehn Männern. Sie schaffte es, Oxo auf den Rücken zu werfen, und zerrte den strampelnden Schafbock auf die Tür der Rakete zu.

»Einhundertundneununddreißig …«

»Ausgezeichnet«, keuchte Holly, während sie den tretenden, aber nahezu hilflosen Oxo in die Kabine neben die Astronautensitze schubste. »Jetzt haben wir auch noch ein Schaf. Ende gut, alles gut.«

Sie wollte gerade die Kommandokapsel verlassen, als sie feststellen musste, dass keineswegs alles gut war: Todd hatte sich halb aus den Gurten, die ihn an den Sitz fesselten, befreit. Jetzt packte er sie an den Haaren und riss sie zurück.

»Brechen Sie den Start ab!«, schrie er. »Sagen Sie denen, sie sollen abbrechen, oder *Sie* kommen mit uns!«

Während Holly noch versuchte sich freizukämpfen, nahm sie wahr, wie zischend die Tür zuschwang. Drüben im Kontrollraum lief trotz der unvorhergesehenen, völlig unwissenschaftlichen Entwicklungen der Countdown weiter.

»Professor? Brechen wir ab?«, fragten die Weißkittel aufgeregt.

»Nein. Fahrt den Hitzeschild hoch.«

»Aber Ihre Frau ist da drinnen, Sir!«

»Sie hat es so gewollt …«, murmelte der Professor. Und er konnte sich ein Lächeln nicht verkneifen.

Die übrigen Krieger hatten nicht mitbekommen, dass die Klammerpistolenfrau sich auf Oxo geworfen hatte. Ihre Köpfe waren zur nächsten Attacke gesenkt gewesen. Und so hatten sie nur gesehen, wie der große Schafbock im Maul des riesigen Hundes verschwand.

»AchduliebesGras …«, heulte Jasmine. »Die Teufelszunge hat Oxo gefressen!«

»Neunzehn … achtzehn … siebzehn …«

»Los, Attacke!«, schrie Sally. »Für Oxo!«

Die Krieger nahmen rasch wieder Anlauf, senkten – ganz die entschlossenen Kampfmaschinen, die sie waren – die Köpfe und warteten auf Sallys Kommando. Keinem war aufgefallen, dass der Hitzeschild, eine dicke getönte Glaswand, sich langsam aus dem Boden schob.

»Attacke!« Sally bemühte sich, wie Oxo zu klingen, selbstbewusst und stark.

Schmerzhaft krachten sie alle gegen den Hitzeschild.

In der Kommandokapsel gelang es Oxo indessen, sich aufzurichten. Er blickte sich um.

»Das Innere eines Hundes hatte ich mir anders vorgestellt«, murmelte er.

Dann erkannte er Todd und Ida sowie eine krakeelende Klammerpistolenfrau und er gab auf, irgendetwas verstehen zu wollen. Todd und Ida! Das war einfach alles zu verwirrend.

Oxo reckte den Kopf zur Seite und biss der Klammerpistolenfrau in den Hintern.

»Das ist für das juckende Ohr«, erklärte er.

Die Krieger draußen kamen taumelnd wieder auf die Hufe. Ihnen brummte der Schädel nach der Kollision mit der Glaswand. Will schaute sich um und entdeckte den Mann der Klammerpistolenfrau an einem großen Schaltpult mit Computern.

»Sieben … sechs … fünf …«

Will hätte nicht erklären können, warum, aber er war sich sicher, dass etwas sehr Schlimmes passieren würde, sobald die Stimme bei null ankäme.

»Attacke!«, brüllte er. Aber er stürmte nicht mehr auf den Hitzeschild zu, sondern nahm jetzt die Weißkittel ins Visier und ein ganz spezielles Paar dreckiger Hosen. Sein Schädel traf, aber Will allein war nicht kräftig genug, um einen erwachsenen Mann umzuwerfen.

»Du magst ja ein schlaues kleines Schaf sein«, sagte der Träger der dreckigen Hosen mit einem selbstgefälligen Lächeln,

»aber du kommst zu spät. Der Tag B ist gekommen! B für *Bumm*, B für Bummberg.«

»Zwei … eins … Start!«

Schon erhob sich hinter der getönten Glasscheibe die Rakete – die Teufelszunge. Flammen schossen aus den Düsen am Heck. Der Lärm war ohrenbetäubend. Die Schafe duckten sich ängstlich weg, voller Angst, dass die heißen Winde tatsächlich ihren Pelz versengen würden.

Die Kommandokapsel erfüllte indessen ein anderer Lärm. Todd hatte sich vollständig der Gurte entledigt und auch seine Oma befreit. Gemeinsam hatten sie Holly überwältigt und mit Gewalt gezwungen, in einem der Sitze Platz zu nehmen, worauf sie in wütendes Gebrüll ausbrach.

»Lasst mich los!«, schrie sie. »Und haltet das stinkende Viech da von mir fern! Es ist alles seine Schuld!«

Oxo lehnte sich an Hollys Beine und knabberte probeweise an einem ihrer Schuhe.

»Nicht, solange Sie uns nicht sagen, wo sich der Notknopf befindet!«, herrschte Ida sie an.

Oxo ließ sich mit seinem gesamten Gewicht auf Hollys Füßen nieder und machte es sich bequem. Dieser Schuh verlangte nach einer etwas intensiveren Bearbeitung mit den Zähnen.

»An der Wand da neben euch ist der Katapultknopf«, kreischte Holly. »Der rote! Und jetzt schafft mir das Schaf von den Füßen!«

Todd wirbelte herum, entdeckte den großen roten Knopf und drückte darauf. Sogleich begann er zu blinken. Im selben Augenblick leuchtete ein Hinweis auf den Kontrollbildschirmen des Professors auf.

ASTRONAUT AKTIVIERT KATAPULTVORGANG.

GENEHMIGT: JA – NEIN.

»Auf keinen Fall …«, flüsterte der Professor. »Niemals …«

Und er beugte sich vor, um auf »NEIN« zu drücken.

Will wusste nicht genau, was mit »katapultieren« gemeint war, aber er hatte so eine Ahnung, dass es etwas wie »hinauswerfen« bedeutete. So wie Ida die Hennen aus dem Stall warf, wenn sie ausmisten wollte. Vielleicht könnte er dafür sorgen, dass Oxo aus dem Magen der Teufelszunge hinausgeworfen würde.

Er federte leicht auf den Hufspitzen, in einer Art und Weise, wie es nur Lämmer können, und sprang dann auf das Kontrollpult mit den Computern.

»Runter mit dir!«, blaffte der Professor.

Aber Will senkte schon den Kopf und es gelang ihm gerade noch, mit der Stirn auf »JA« zu drücken, bevor der Professor ihn wütend beiseiteschubste.

Das Getöse ebbte ab, die Hitze ließ nach, und als der getönte Hitzeschild langsam in den Boden zurückfuhr, verließen die Weißkittel ihre Computer und rannten in die Halle.

Der Professor knurrte Will an und folgte ihnen. Alle richteten den Blick auf die geöffnete Kuppel der Höhle und schirmten die Augen vor der Sonne ab. Die Krieger kamen ebenfalls dazu.

»Es tut mir leid«, sagte Will betrübt. »Ich dachte, das könnte klappen … ich dachte, so könnte man Oxo vielleicht retten.«

Sally leckte ihm tröstend über das Fell. »Die Teufelszunge hat Oxo verschlungen, Liebes. Wir können ihn nicht zurückholen.«

Die Rakete gewann immer noch stetig an Höhe. Sie glitzerte am blauen Himmel und die Flammen hinter den Heckdüsen waren nur noch als fernes Flackern zu erkennen. Die Weißkittel sprangen jubelnd auf und ab. Sie reihten sich auf, um nacheinander dem Professor die Hand zu schütteln. Er wirkte erleichtert – ja beschwingt.

Die Schafe aber, die immer noch nach oben starrten, beobachteten, wie die Teufelszunge plötzlich den Kopf verlor. Er hatte sich vom Körper gelöst und schwebte langsam zurück zur Erde, unter einem Fallschirm, wie Will den anderen hastig erklärte. Die Weißkittel waren jetzt ebenfalls darauf aufmerksam geworden. Der Jubel brach ab. Totenstille breitete sich über der Abschussbasis aus. Alle Blicke richteten sich gebannt nach oben.

Und da passierte es. Der Körper der Rakete drehte zur Seite, durchschnitt im wilden Zickzack den blauen Himmel und trudelte schließlich zur Erde hinab. Die Krieger spürten alle den Aufprall, als die Teufelszunge ohne Kopf mit einer gewaltigen Explosion irgendwo draußen in der Wüste abstürzte.

Professor Bummberg brach letztlich das Schweigen.

»Öffnet das Tor!«, befahl er mit matter Stimme.

Während die Weißkittel loswieselten, blickte er einen Moment lang auf die Schafe hinunter und schüttelte den Kopf. »Hätte ich doch nur auf Ratten bestanden …«, murmelte er.

Geschockt und schweigend blieben die Schafe wie versteinert stehen, bis die Menschen gegangen waren. Dann ergriff Linx das Wort: »Die Teufelszunge ist erledigt, was? Wurde mit einem gewaltigen Tritt aus dem Schafsreich gekickt.«

»AchduliebesGras«, japste Jasmine. »Wirhaben'sgeschafftgeschafftgeschafft …«

»Die *Ballade vom Vlies* irrt nie!«, posaunte Sally.

Schnell trabten sie dem Professor hinterher. Sie durchquerten die riesige Höhle und traten durch eine Öffnung, die eine stählerne Schiebetür in der Bergwand freigegeben hatte. Die qualmenden Trümmer des Teufelszungenkörpers lagen in der Ferne verstreut. Doch ganz in ihrer Nähe schwebte noch immer der Kopf mit der grässlichen Hundefratze sanft an seinem Fallschirm herab.

Als die Kapsel auf dem Boden auftraf, schnellte Hollys Sitz nach vorne und krachte gegen Oxo. Der hatte nach wie vor auf ihren Füßen gesessen und an einem mittlerweile angenehm aufgeweichten Schuh herumgekaut. Sein Kopf knallte gegen die Wand. Hollys Gurte sprangen auf, ebenso wie die Tür. Holly kam stolpernd auf die Beine. Ihre Schuhe ließ sie zurück. Sie trat auf Oxos schlaffen Körper, drängelte sich an

Todd und Ida vorbei und sprang ins Freie – geradewegs in einen besonders stacheligen Feigenkaktus. Während sie barfuß davonhopste, kickte sie nach den Kriegern, die in die entgegensetzte Richtung an ihr vorüberhasteten.

Linx kletterte als Erster hinauf in die Kommandokapsel, die anderen quetschten sich hinter ihm ins Innere. Dort standen Todd und Ida und starrten auf Oxo hinunter, der mit geschlossenen Augen vollkommen reglos auf dem Boden lag. Die Schafe nickten Todd und Ida zu, als sie sich zu ihrem gefallenen Freund durchdrängten. Es war, wie die Schafe befürchtet hatten. Linx stupste Oxo mit der Nase an.

Sally kämpfte mit den Tränen. »Er war ein Krieger«, schluchzte sie. »Ein Vorbild für uns alle. Ein Schaf unter den Schafen …«

»AchduliebesGras …«, heulte Jasmine. »Ich werde ihn sooo vermissen.«

Will nickte traurig. »Er war ein tapferer Kerl. Er verdient eine Medaille.«

»Was ist das denn?«, erkundigte sich Oxo und schlug die Augen auf. »Kann man das fressen?«

Draußen in der Wüstenlandschaft trafen mittlerweile Polizei und Feuerwehr ein. Ja, eine ganze Kolonne Fahrzeuge rumpelte wichtigtuerisch mit heulenden Sirenen durch die Wüste.

Sheriff Winzig hatte zunächst in dem ersten Polizeiwagen gesessen, aber mittlerweile thronte er wieder hoch zu Ross. Er hatte beobachtet, wie Blitz aus einer Öffnung im Berg getrabt kam, und war aus dem Wagen gesprungen, um ihn einzufangen. Jetzt erspähte er die Frau, die sein Pferd gestohlen hatte und sich gerade hopsend zwischen den Feigenkakteen aus dem Staub machen wollte. Schnell schwang er sein Lasso und die Schlinge legte sich in höchst zufriedenstellender Art und Weise um ihre Schultern und zog sich zusammen.

»Nur ein paar Fragen, Ma'am, wenn Sie gestatten«, rief Winzig, während er die Frau an dem Seil heranzog. »Leider habe ich Ihren Namen das letzte Mal nicht verstanden.«

Die Frau straffte die Schultern und blickte ihn herausfordernd an. »Ich bin Holly Bummberg«, erklärte sie, »und mein zweiter Vorname ist Petunia.«

Sie drehte sich um und zeigte mit dem Finger auf einen dürren Mann mit blassem Gesicht, der versuchte, zurück in den Berg zu schleichen.

»Und *das* ist mein Ehemann, Professor Stanley Bummberg. Der miserabelste Wissenschaftler des ganzen Universums!«

Sheriff Winzig spürte ein Zupfen an seinem Stiefel. Die kleine alte Dame, die aus dem Gefängnis von Pistolero-City ausgebrochen war, stand neben seinem Pferd.

»Ich habe es Ihnen ja gesagt«, setzte sie an. »Der da ist Rhabarber. Und das …«, sie deutete stolz auf fünf Schafe, die direkt vor der Raumkapsel standen, »… sind die seltenen Rasseschafe aus Eppingham.«

Ein letzter Rap

In der Stadt Aries End gab es einen richtigen Flughafen mit Monitoren, auf denen die Abflugzeiten angekündigt wurden, mit Marmorböden und einer VIP-Lounge. Sheriff Winzig sorgte dafür, dass die gesamte Eppingham-Gäng, wie er sie lächelnd nannte, Zugang zur VIP-Lounge erhielt, als er sie am nächsten Tag zum Flughafen begleitete. Er organisierte sogar ein Tablett mit Kohlblättern extra für die Schafe. Und er gab Ida ihre Tasche zurück, die sie bei der Flucht aus dem Gefängnis vergessen hatte. In Pistolero-City hatte er jetzt jede Menge zu tun, weil dort die Bummbergs und all die Weißkittel auf ihren Prozess warteten. Sie waren angeklagt wegen Schafsentführung und dem Herbeiführen der Explosion einer Weltraumrakete im öffentlichen Raum.

Ida bog den silbernen Knopf in Sallys Ohr auf und entfernte ihn, dann wischte sie die letzten Reste des Glitters von Jasmines Fell.

»Das hätten wir …«, sagte sie und tätschelte die beiden. »Brave Mädchen.«

Will war nach wie vor beeindruckt, dass Todd und Ida so eine weite Reise gemacht hatten, um ihnen zu Hilfe zu eilen. Ob das wohl in der *Ballade vom Vlies* erwähnt wurde?

Während er so vor sich hin grübelte, wurde er plötzlich auf einen wohlbekannten Gesang in der Abflughalle aufmerksam.

»Aries, Aries … Widder, Schafe und Lämmer!«

»Hört mal, Leute«, rief Will. »Das klingt nach Phoenix und Cameron!«

Der Gesang kam näher, und als die Schafe hinaus in die Halle trotteten, sahen sie eine Menschenmenge in schwarzweißen T-Shirts, die mit Fähnchen wedelten, auf denen ein Widderkopf abgebildet war.

»Ja, da sind sie«, sagte Linx. »Schaut, da, mittendrin.«

In diesem Augenblick entdeckte Cameron die Schafe.

»Hey, Phoenix! Sieh mal! Unsere Schafe! Mom, Mom, komm und sieh dir das an! Da sind unsere Schafe! Die uns Dummköpfen da draußen in der Wüste das Leben gerettet haben!«

Todd und Ida wollten ihre kleine Herde keine Sekunde mehr aus den Augen lassen und eilten besorgt hinter den Schafen her.

Verdutzt beobachteten sie, wie zwei Jugendliche, auf dem Boden kniend, Oxo und Sally umarmten und jede Menge Menschen ihre Herde streichelten und tätschelten.

»Danke, ich danke euch …«, rief eine Frau, bei der es sich ganz offensichtlich um Mom handelte, und gab allen Schafen nacheinander einen Kuss. »Cameron, Phoenix, bleibt, wo ihr seid! Ich muss ein Gruppenfoto machen!«

Die Jungen taten, wie ihnen geheißen wurde, und verharrten in der Hocke neben den Schafen, während Mom ihren Fotoapparat hervorholte.

»Endlich haben wir die Teufelszunge geschlagen, Leute«, erzählte Cameron.

»Jep, gestern hat man sie mit einem gewaltigen Tritt aus Aries End befördert!«

»Was sagen sie?«, erkundigte sich Linx.

»Sie wissen, dass die Teufelszunge vernichtet wurde«, erklärte Will.

Er hob einen Huf, die anderen Krieger folgten seinem Beispiel und Phoenix und Cameron schlugen ringsherum in ein allgemeines High Huf ein.

Mom und die übrigen Footballfans brachen in Jubel aus. Todd und Ida beobachteten verblüfft das Geschehen.

DING DONG … eine Lautsprecheransage schallte durch die Halle: »Alle Passagiere für den Flug RBW EINS nach London Gatwick werden gebeten, sich zu Gate fünf zu begeben. Die Maschine steht zum Einsteigen bereit.«

»Zeit zu gehen«, übersetzte Will.

»Dann verabschieden wir uns mal besser, Mann«, sagte Linx.

Er schüttelte seine herabhängenden Locken und tippte mit einem Huf den Takt, während die übrigen Kriegerschafe sich neben ihm aufreihten.

»Manche Menschen behaupten,
Uns Schafen fehlt's an Verstand.
Dass das Quatsch ist, Leute,
Habt zumindest ihr jetzt erkannt!
Das Streben nach Ruhm und Bling-Bling
War noch nie unser Ding,
Trotzdem cool, wenn ihr an uns denkt,
Nicht vergesst, was hier abging.
Die *Ballade vom Vlies* hat uns gesagt, was zu tun war,
Ein paar Menschen haben geholfen,
Dafür sind wir dankbar.
Die Teufelszunge hat lang genug
Angst und Schrecken verbreitet.
Wir Kriegerschafe haben dem Schlachten
Ein Ende bereitet!«

Rappend machten sie sich auf den Weg zum Flugsteig fünf. Die Menschenmenge liebte ihren Rap.

»Zugabe! Zugabe!«, johlten sie und liefen neben den Schafen her.

»Noch ein Abstecher in die Wüste? Nichts dagegen!
Aber jetzt freuen wir uns erst mal
Auf den Eppingham-Regen.
Amerika war megacool, trotzdem sind wir
Zum Abflug bereit.
Tschüss, Leute, bleibt geschmeidig
Und habt 'ne gute Zeit!«

Fortsetzung folgt …